O —

editora Urutau

rua do cajú, 478,
jardim das cerejeiras
06724-015
cotia-sp (brasil)

avenida peirao besada, 6 – 2D
36163 poio-pontevedra
(espanha)

[+34] 644 951 354 [espanha]
[+55] 11 9 4859 2 426 [brasil]

www.editoraurutau.com.br
contato@editoraurutau.com.br

[**EDITORES**]
tiago fabris rendelli & wladimir vaz
[**COORDENAÇÃO DE REVISÃO**]
debora ribeiro rendelli
[**REVISÃO**]
juliana palermo
[**DIAGRAMAÇÃO**]
victor h. azevedo
[**CAPA**]
victor h. azevedo, sobre escultura de anônimo

dados internacionais de catalogação na publicação (CIP) de acordo com ISBD

kawana, karen kazue
K22h o homem do jardim / karen kazue kawana. - cotia : urutau, 2022. 200 p. ; 14cm x 22cm.

ISBN 978-65-5900-287-0

1. literatura brasileira. 2. prosa. I. título.

CDD 869.8992
2022-1722 CDU 821.134.3(81)

elaborado por odilio hilario moreira junior - CRB-8/9949

O HOMEM DO JARDIM

KAREN KAZUE KAWANA

[primeira edição]
URUTAU
junho de 2022

sumário

DONA MARIQUINHA

Ela sorriu revelando os dentes amarelados na parte inferior da arcada dentária. O consumo de café ou chá deveria ser responsável por aquela coloração intensificada pelo passar dos anos. Os dentes da parte superior, no entanto, eram mais claros. Eu me perguntei se ela estaria usando uma dentadura; como Dona Mariquinha era idosa, poderia ter perdido os dentes há alguns anos, não era algo incomum, a maioria das pessoas com a idade dela que eu conhecia já não tinha mais nenhum dente na boca e recorria àquele apetrecho.

Minhas divagações foram interrompidas pelo contato da palma da mão quente da mulher sobre a minha testa. Precisei me concentrar para deixar os músculos relaxados. Detesto contatos físicos. Mesmo os apertos de mão, especialmente no inverno, quando minhas mãos ficam gélidas. Tenho medo de assustar as pessoas com minhas mãos cadavéricas. Não deve ser nada agradável tocá-las. Eu as recolho o mais rápido possível de modo instintivo e, quase sempre, apresso-me em pedir desculpas por sua temperatura. Quando sou apresentada a alguém que nunca vi antes, sempre hesito antes de estender as mãos ou, pior ainda, depositar beijos no ar ao lado de suas bochechas, sentindo o cheiro e roçando os cabelos de completos estranhos. Prefiro o hábito oriental de curvar ligeiramente as costas diante de outra pessoa. É menos íntimo e mais higiênico.

— Você é muito esquisita, Mila! — Era o que Lúcia sempre dizia. — Daqui a pouco vai começar a limpar as mãos em um lenço como algumas pessoas com fobias fazem! Li que isso é uma doença, coisa para terapia!

Talvez Lúcia tivesse razão, talvez eu estivesse me tornando cada vez mais cheia de manias. Achava que os anos nos tornassem mais leves, menos complicados. No entanto, o contrário parecia verdadeiro, as idiossincrasias se afirmavam e nos envolviam em uma grossa carapaça. Ao final, nós nos transformávamos em velhos rabugentos que implicavam com a quantidade de açúcar no café ou com a maneira como alguém lavava a louça.

Lúcia foi quem me recomendou aquela benzedeira, ou vidente, não sabia ao certo qual a diferença. A divisão das ciências esotéricas nunca foi muito clara para mim. Talvez ela não o fosse nem mesmo para seus praticantes, afinal, eles misturavam um pouco de tudo: rezavam, liam cartas, jogavam búzios, recebiam mensagens espirituais, incorporavam espíritos, elaboravam rituais e preparavam beberagens de aparência e composição duvidosas com supostas propriedades mágicas.

Havia terminado o doutorado e não sabia o que fazer a partir de então. A única coisa que não desejava era dar aulas. Irônico, não é mesmo? Tinha me preparado para isso, ao menos era o que todos acreditavam. Não havia alternativa mais digna para justificar os vários anos de estudo, entretanto, se fosse honesta, teria que confessar que o que me manteve na universidade por tanto tempo foram as bolsas de estudo. Comecei com a iniciação científica, passei para o mestrado e, sem pensar muito, continuei com um doutorado. Usufrui vários anos de bolsas. Gostava de ler e de escrever. E, para escrever uma tese, basta ser coerente. É possível escrever sobre qualquer coisa, desde que o texto tenha um começo, um meio, um fim e não fuja de um tema. Meus trabalhos eram finos, para alívio dos professores que não se viam obrigados a ler calhamaços de trezentas páginas, mas continham algum bom senso.

Escrevi sobre a filosofia francesa do século XVIII, mas poderia ter escrito sobre o ciclo de vida das alfaces, e isso não teria feito diferença. Ao menos a alface desempenha um papel importante na cadeia alimentar, é rica em vitaminas e representa uma fonte de renda para os agricultores. Quem se importava com o que pensava um punhado de homens que vestiam calças curtas e cobriam a cabeça com perucas há mais de duzentos anos?

Dissertações de mestrado e teses de doutorado são ritos de passagem, como prestar o vestibular; no final das contas, poucas dentre elas são de alguma utilidade para alguém, especialmente na minha área de estudos. Sinto que gastei vários anos tornando-me inútil para qualquer atividade prática. Foi bom enquanto durou, mas agora era tempo de encarar a realidade. O que faria com aquilo que aprendi? De vez em quando poderia contar algumas anedotas sobre as esquisitices de alguns filósofos e pensadores — citar Rousseau, Voltaire ou Diderot —, mas realmente não era um assunto que despertasse grande interesse em *happy hours* ou reuniões de família.

Para Platão, a realidade, aquilo que vemos, é apenas uma cópia imperfeita de um mundo mais perfeito e belo, do mundo das ideias. Para outros, não há mundo das ideias: a realidade é o que vemos e tocamos — não há nada além dela. Idealistas e realistas, eis a grande divisão na filosofia e no mundo.

Como quase todos os jovens, fui idealista, mas me transformei em uma realista amarga. Nunca imaginei que o tempo passaria tão rápido e que um dia teria que considerar meu futuro com seriedade. Não queria dar aulas, não sentia que tinha algo a ensinar. Para falar a verdade, sequer sabia como fazer isso. Eu me imaginava na frente de um bando de alunos sem saber o que dizer, sem saber para onde olhar ou colocar as mãos. Não era articulada como alguns dos colegas que admirava, preferia ficar quieta no meu canto sem me manifestar nas discussões dos seminários. Quando expunha alguma opinião, não via sentido em me defender quando era refutada e, quando não concordava com algo que era dito, também não me dava ao trabalho de fazer qualquer comentário. Era tudo opinião, afinal de contas.

— Qual o problema em dar aulas? Você estudou para isso, não foi? Deve ter aprendido alguma coisa, o que quer dizer com não ter nada para ensinar? Não seja boba, é só ficar lá na frente repetindo aquilo que leu. Você está sendo muito dramática, Mila! — Lúcia procurava me animar, mas apenas me aborrecia. Ela tinha um bom emprego, havia estudado Economia, foi contratada por uma grande empresa logo após terminar o curso e não tinha dúvidas existenciais em relação à carreira. Para ela, minha apatia e falta de ambição eram incompreensíveis.

— E o que você gostaria de fazer, de verdade?

Uma pergunta capciosa.

Não disse que gostaria de viver lendo e acumulando conhecimentos inúteis. O que fazia muito bem. Mas, sim, de fato, era isso que gostaria de fazer. Queria ser livre. Fazer o que bem entendesse sem receber olhares de desaprovação por não me adequar a um padrão qualquer. Ter um emprego respeitável para pagar minhas contas, manter casa e, se possível, ter um plano de saúde não fazia muito sentido para mim. Viver se resumia a isso, então? Parecia muito para quem precisava de tão pouco, para quem desejava apenas existir. No entanto, a mesma pergunta sempre me vinha à mente, por mais que tentasse afastá-la como a uma incômoda mosca: como pagar as contas? O dinheiro que havia poupado logo acabaria. Meus pais não viveriam para sempre, e eu não podia depender deles.

— Sabe o que faço quando tenho dúvidas? Quando fico triste ou tenho algum problema? Vou a uma benzedeira, a Dona Mariquinha. Ela sempre me ajuda.

Estávamos sentadas no sofá. Eu morava em um apartamento minimalista no qual sala e cozinha eram mais ou menos a mesma coisa. Pia, fogão, geladeira e mesa ficavam em um canto; um velho sofá e uma mesa de centro, no outro. O quarto servia de escritório e biblioteca. Meus livros estavam espalhados em pilhas pelo chão ou embaixo da cama. O banheiro era um cubículo.

Olhava para Lúcia com incredulidade. Achei que fosse uma brincadeira, mas ela disse aquilo com uma expressão tão séria que me deixou sem palavras. Lúcia era tão sensata, como podia recorrer a uma benzedeira para resolver seus problemas?

As pessoas realmente eram cheias de surpresas, mesmo aquelas que julgávamos conhecer bem.

— Não me diga que você nunca procurou uma vidente ou uma benzedeira? Nunca fez uma consulta de tarô ou coisa parecida? Nenhum colega de classe apareceu com um maço de cartas e se meteu a responder às perguntas dos outros? Eu sempre leio o horóscopo das revistas femininas, você não faz isso? Mila, você é mesmo estranha! — Ela riu observando minha expressão de perplexidade. — Não me olhe desse jeito! Não sou nenhuma crédula que dá dinheiro para vigaristas, mas acredito que existam coisas que não podemos explicar neste mundo. Deve haver algo como destino, um plano, sei lá! Você pode não acreditar, mas penso nessas coisas. A vida não faria sentido sem isso. De qualquer forma, sempre saio mais leve da casa da Dona Mariquinha. Ela é uma pessoa muito especial, experimente! Mal não vai fazer.

E foi assim que cheguei à casa de Dona Mariquinha que, naquele momento, estava em pé ao meu lado com uma das mãos pousadas sobre a minha testa, os olhos fechados, os lábios em movimento e a outra mão levantada como uma antena receptora de forças sobrenaturais.

Lúcia me deu apenas o número de telefone de Dona Mariquinha. Passei vários dias olhando para o *post-it* pendurado na porta do armário da cozinha. Eu me deparava com os números escritos em tinta azul sempre que pegava o pó de café. Suspirava e me perguntava se deveria ou não ligar. Achava o fim da picada recorrer a uma benzedeira para resolver minhas questões existenciais. Fazer terapia parecia mais sensato, apesar de mais caro, porém não me via tentando explicar o inexplicável para um psicólogo. Não achava que tinha um problema. Ou tinha? Minha apatia seria um sintoma de depressão? Não achava que estivesse deprimida. Eu me interessava por muitos assuntos, amava ler, haveria algo errado comigo?

Foi em uma sexta-feira. Meus olhos se voltaram para o número de telefone novamente depois que fechei um livro. Era uma tarde calma, a maioria dos estudantes já havia voltado para a casa dos pais em outras cidades. Desde o final dos anos noventa, quando minha vida universitária teve início, já estava habituada a ver os estudantes carregando malas e bolsas de viagem através do *campus* da Unicamp nas sextas-feiras de manhã ou em vésperas de feriados. Os garotos geralmente carregavam bolsas de viagem de *nylon* que depositavam no chão ao lado de suas cadeiras durante as aulas. Elas ficavam ali, imóveis, como cães fiéis à espera de um sinal de seus donos. As garotas arrastavam malas com rodinhas. Elas emitiam um ruído incômodo sobre o piso quando cruzavam os corredores. Depois da última aula do dia, todos se dirigiam para os pontos de ônibus carregando as roupas sujas que as mães lavariam amorosamente. Nos finais de semana prolongados, a debandada era geral. O bairro ficava quase vazio, e a universidade parecia abandonada. Alguns permaneciam, seja por uma questão de economia, seja porque tinham outras atividades por ali, ou porque preferiam um final de semana longe dos olhares da família.

Já havia passado da fase de voltar para a casa de meus pais há muito tempo, fazia isso no começo, logo depois de me mudar para Campinas, mas os retornos se tornaram cada vez mais espaçados com o decorrer dos anos. Agora, chamava aquele apartamento próximo do *campus* de lar. O quarto na casa de meus pais era apenas o lugar em que dormia quando os visitava. Os móveis e objetos sobre as cômodas e guarda-roupa pareciam pertencer a outra pessoa.

Fazia um dia bonito do lado de fora. Meu apartamento ficava no primeiro andar e dava diretamente para a rua. O sol da tarde era forte, e poucas pessoas caminhavam na calçada. Algumas árvores espalhavam sombras sobre os muros das casas. Alguém ouvia Louis Armstrong, *Mack the knife*. Uma raridade! Quem poderia ouvir Louis Armstrong no meio de uma tarde de sexta-feira? Devo confessar que não acreditava no bom gosto musical das outras pessoas e estava acostumada a ranger os dentes quando meus vizinhos ouviam pagode ou *funk* em volume máximo.

Tamborilava os dedos sobre a mesa enquanto observava o número de telefone de Dona Mariquinha. Em um movimento impulsivo, refreando qualquer autocrítica, levantei-me, peguei o papel e liguei. O telefone chamou três ou quatro vezes antes que alguém atendesse do outro lado.

— Alô? — Era uma voz feminina.

— Boa tarde, é da casa da Dona Mariquinha?

— É sim! Vou chamar, espera um pouco. — O sotaque era nordestino. Ouvi o receptor ser colocado sobre uma superfície dura com um baque. — Dona Mariquinha, telefone para a senhora! — gritou a mulher, de um ponto afastado do aparelho. Podia ouvir passos se aproximando.

— Alô? — Era uma voz de mulher mais velha.

— Boa tarde, Dona Mariquinha?

— É ela, minha filha!

— Olá, meu nome é Mila. Uma amiga minha, a Lúcia, passou o número da senhora. Eu queria marcar uma consulta.

"Consulta" não era bem a palavra apropriada, mas foi a primeira que me ocorreu. Aquela conversa parecia mais esotérica do que a "consulta" propriamente dita.

— Ah, como está a Lúcia? Faz um tempinho que ela não aparece, diga que eu estou com saudades!

— Ela está bem, trabalhando muito...

— Ela é muito esforçada, tadinha! — Seguiu-se um breve silêncio. — E você, minha filha? Do que está precisando?

"Como assim, do que estou precisando?", pensei. Não tinha a menor ideia.

— Eu só queria marcar uma hora. Não entendo bem como isso funciona. O que a senhora faz? Lê cartas, faz rezas...

— Pode ficar tranquila. A gente só conversa um pouco. Não precisa ficar preocupada, não! É só uma conversa. Eu não mordo! — Ela riu. A imagem de uma velhinha doce surgiu em minha mente.

— Ah, e quanto a senhora cobra?

Ouvi o valor e fiz meus cálculos, era meio caro para alguns minutos só de conversa, assim mesmo marquei um horário para a semana seguinte. Anotei o endereço no mesmo papel com o número de telefone. Após desligar, fui beber um copo de água. Apesar do ceticismo, estava curiosa. Seres humanos são seres curiosos. Bastava alguém dizer que podia prever o futuro ou que conseguia ver coisas que não víamos para querermos saber mais. Eu não era diferente.

Olhava as manchas escuras no chão de cimento, restos de chicletes mascados pelos passageiros do terminal de ônibus. Havia dezenas de manchas escuras a meus pés. As pessoas passavam na minha frente subindo e descendo dos ônibus sem cessar. Eu esperava. Esperar parecia ser algo intimamente ligado à minha existência. Quando era criança, esperava tornar-me adulta; adulta, esperava por algo a que nem mesmo conseguia dar nome. Uma espera metafísica, indefinida. Desde criança, da mesma forma, olhava para as coisas com um misto de espanto e tédio, sim, sei que soa contraditório, mas era assim.

Espanto, quando olhava para todas aquelas pessoas e objetos sobre os quais pouco sabia e existiam, para mim, enquanto meu olhar as seguia. Tédio, quando pensava em como todas aquelas existências pareciam iguais, uma repetição contínua que consistia basicamente em trabalho, comida e reprodução. Perguntava-me se a vida se resumia a essas coisas, e a resposta me preenchia com um imenso cansaço. Cansaço, a sensação que subsiste depois que a vida é consumida em trabalho, comida e reprodução. Mas eu mal havia entrado nesse ciclo, como poderia estar cansada?

Passei vários anos lendo livros para tentar compreender, em busca de respostas para minhas contradições ou de algumas palavras sábias que pudessem me orientar. Mas o que descobri foi que todos os livros pareciam ter sido escritos com a mesma motivação que me levava a lê-los. Nenhum deles oferecia respostas, e sua leitura era mais ou menos satisfatória na medida em que o que eles diziam correspondia às minhas próprias ideias. Ao final, desisti de procurar respostas em livros, queria apenas que eles me entretivessem, fossem curiosos e preenchessem os espaços vazios produzidos pelo tempo.

Trazia um romance sobre os joelhos, mas as manchas de chicletes e a ideia de que cada uma delas havia sido produzida por uma pessoa diferente — uma espécie de testemunho da imundície humana — dificultavam minha concentração.

O terminal de ônibus ficava próximo do apartamento, uns dez minutos de caminhada. Ele estava sempre cheio. Algumas pessoas esperavam sentadas nos bancos de concreto, enquanto outras aguardavam em filas e subiam nos ônibus que chegavam a todo o momento e as conduziam para outras partes da cidade, lá onde tinham coisas a fazer.

Olhava para a rua do outro lado da cerca metálica do terminal quando vi um caminhão carregado com engradados cheios de frangos passar. Nesse momento, uma cena inusitada teve lugar. Um daqueles frangos de um branco encardido, já meio depenado e triste, havia escapulido de um engradado no topo das pilhas e se equilibrava sobre o veículo em movimento. Não era a única a observar a cena. Algumas pessoas sentadas ao meu lado se levantaram.

— Pula, frango! Foge, frango! — gritou alguém.

Algumas mulheres riram. E, de fato, o frango pulou, ou perdeu o equilíbrio, no momento em que o caminhão passou por uma lombada. Um salto para a liberdade. Não foram poucos os gritos de incentivo e surpresa ao meu redor.

Um desnível entre a rua e a plataforma do terminal não permitia que víssemos a aterrissagem do frango, e o perdemos de vista. Alguns rapazes fizeram menção de ir até a cerca para saber se ele sobreviveu à queda, mas nosso ônibus chegou antes que pudessem matar a curiosidade.

O ônibus partiu depois que todos subiram e passou perto do lugar onde o frango havia saltado do caminhão. Espichamos os pescoços. Ficamos procurando pela ave no chão, mas logo alguém apontou para um gari que o carregava debaixo do braço com ar satisfeito. Dócil, o frango não oferecia qualquer resistência. Alguns riram meio sem graça enquanto outros lamentaram sua curta liberdade.

Não foi difícil encontrar a casa de Dona Mariquinha. Desci do ônibus perto da rodoviária e peguei um táxi. O motorista era um senhor de cabelos brancos e óculos com lentes espessas. Sentei-me no banco traseiro. Procurei o cinto de segurança, mas achei apenas um pedaço dele, o resto estava atrás do banco. Detestava quando os taxistas não deixavam o cinto de segurança à vista. Fazia calor, mas não havia ar condicionado. Fechei parte do vidro do meu lado deixando uma fresta, o suficiente para que o ar entrasse sem que ninguém pudesse enfiar a mão no interior do veículo. Pode parecer paranoia, mas sempre tranco as portas traseiras dos táxis, já escutei muitas histórias de roubos em que os ladrões simplesmente levavam as bolsas pelas janelas ou abriam a porta e se sentavam ao lado dos passageiros desprevenidos.

Informei o endereço ao taxista.

— Você tem preferência por algum caminho? — perguntou ele, observando-me pelo retrovisor. Seus olhos eram indiferentes, ele não parecia ser do tipo que gostava de encetar conversas com os passageiros.

Não conhecia aquela parte da cidade e deixei que ele fizesse o trajeto que achasse melhor. Foi uma corrida rápida, paguei o motorista e me vi diante de uma casa amarela sombreada por uma árvore. Ela se encontrava em um bairro residencial com casas antigas e bem cuidadas. Não via ninguém na rua. A porta ficava ao lado da garagem com vasos de antúrios e espadas-de-são-jorge. Apertei a campainha e esperei. Uma mulher morena e baixa saiu pela porta da garagem, cumprimentou-me e abriu o cadeado. Ela vestia uma bermuda azul justa, camiseta e chinelos, as unhas dos pés e das mãos estavam pintadas com esmalte vermelho. Devia ter pouco mais de trinta anos. Ela trancou o portão metálico novamente, e eu a segui até a porta.

— Faz favor! — disse, pedindo que eu entrasse no que me pareceu ser a sala da casa. — Fique à vontade, vou chamar a Dona Mariquinha. — Ela apontou para o sofá e sumiu por um corredor.

Obediente, sentei no sofá de couro marrom e olhei ao redor. Uma estante com um televisor pequeno ocupava uma das paredes, e uma mesa de centro se erguia entre o sofá e algumas poltronas cobertas por mantas coloridas. Havia quadros nas paredes. Fotos de casais e crianças em preto e branco, vários tons de sépia e cores desbotadas me espiavam de suas janelas estáticas vestidas com roupas fora de moda. Dona Mariquinha apareceu depois de alguns minutos. Eu me levantei e a cumprimentei com os dois beijinhos ao lado da bochecha de praxe. Ela usava um vestido florido e sandálias brancas. Sempre via senhoras parecidas com ela quando ia à feira com minha mãe na infância. Ela usava óculos de gatinho, o que lhe dava um ar de avó moderna.

— Mila, boa tarde! Desculpe, estava cuidando do meu gato, a Nílvea derrubou um livro sobre uma de suas patinhas. Era uma enciclopédia, sabe? Dessas grandonas, só ouvi o grito, uma judiação! Sorte que foi só uma patinha. Que dó! — Ela colocou uma das mãos sobre o peito como se voltasse a ouvir o grito do gato no momento em que ele foi atingido pelo livro. — Sente-se, por favor! Podemos tomar um café com calma e conversar um pouco, você não está com pressa, não é mesmo?

— Na verdade, eu...

Esperava terminar aquilo logo e sair correndo, mas, pelo visto, a visita duraria mais tempo do que imaginava.

— Você tem algum compromisso? Eu fiz um bolo tão gostoso! Sabe, eu gosto de conversar um pouco com as pessoas que vêm me procurar, sentir como a pessoa está, isso ajuda. Tenho todo o tempo do mundo, posso dar toda a minha atenção a você! Meus filhos já são crescidos, têm suas famílias e aparecem só nos finais de semana. Eles queriam que eu fosse morar com eles, mas é chato, não é? Eu não quero me aposentar, gosto de ajudar as pessoas e também ganho meu dinheirinho assim. Ainda não tenho oitenta anos e posso me virar sozinha, além disso tenho a Nílvea, que faz tudo e é um amor de pessoa. Odeio gente mandando em mim. Os filhos crescem e acham que os pais ficam tontos depois que envelhecem. José, meu marido, ainda impunha algum respeito, mas, depois que ele morreu, eles não querem nem saber, acham que eu sou doida por morar sozinha! Sei que eles pensam no meu bem, mas não quero viver de favores. A pensão que recebo é pouca, mas dá para o gasto diário. Não preciso de muito. Como minhas verduras, bebo meu leite, pago a Nílvea e alimento o Chuvisco, não preciso de mais nada! — Ela fez uma pausa. — Não imagina como o meu trabalho me dá alegria, sinto-me tão útil! Bem, vou pegar o bolo e o café, aí quero que você fale um pouco! Se deixar, eu não fecho mais a boca! Com licença!

Ela desapareceu por uma porta perpendicular ao corredor. Ouvi o tilintar de talheres, e logo Dona Mariquinha retornou trazendo uma bandeja com duas xícaras dispostas sobre pires brancos, pratos, guardanapos e colheres que colocou sobre a mesa de centro após afastar o cinzeiro e a toalha de crochê. Nílvea entrou em seguida carregando uma garrafa térmica e uma travessa com pedaços de bolo.

— Você bebe café, não é mesmo? — Dona Mariquinha se sentou na poltrona ao meu lado, ajeitou o vestido e começou a encher as xícaras com o líquido escuro antes de ouvir minha resposta. Nílvea nos deixou a sós.

— Açúcar?

— Não, obrigada. Eu bebo o café puro.

— Puro? — Ela franziu a testa. — Eu não consigo beber café puro. Preciso do meu açúcar. O médico diz que devo evitar coisas doces por causa da diabetes, mas quem disse que consigo? Na minha idade, é preciso ter alguns prazeres. Já bastam as dores nas costas e esse corpo cheio de pelancas — disse, apontando para a pele flácida debaixo de um dos braços.

Peguei o pires com a xícara de café que ela me estendeu e tomei um gole. Ele estava bem fraco. Dei mais um gole e coloquei a xícara em um canto da mesa. Esperava que Dona Mariquinha não notasse que eu não o bebia. Ela me passou um prato com um pedaço de bolo.

— Espero que goste de bolo de fubá, é o meu favorito. Os médicos podem dizer o que quiserem, mas eu não consigo viver sem essas coisas. Vida sem sal nem açúcar não é para mim, qual a graça?

Peguei o prato que ela me estendeu e dei uma mordida no bolo. A massa estava fofa e úmida.

— Muito bom! Foi a senhora quem fez? — perguntei, depois de engolir o primeiro bocado.

— Sim! Bom, não é? Coloco leite de coco e leite condensado, fica uma delícia! Passo o tempo assistindo a programas de culinária. Adoro cozinhar, é como se criasse algo novo, sabe? É como uma ciência, você mede os ingredientes, mistura e espera para ver o resultado final. O problema é que estou engordando, mas nada é perfeito!

Terminei minha fatia de bolo, coloquei o prato ao lado da xícara de café quase cheia e recolhi as migalhas que caíram sobre minhas calças.

— Cozinhar faz bem. Eu também gosto de testar receitas — comentei.

— Isso é bom! Antigamente diziam que os homens eram conquistados pelo estômago, mas hoje em dia até os rapazes cozinham. Você precisa ver como meu neto cozinha bem, ele entrou na faculdade este ano e faz de tudo! Uma beleza! Os homens da minha época não eram assim. Meu falecido marido era uma boa pessoa, mas era muito antiquado, eu fazia tudo, e ele não me dava nenhuma mãozinha. Podia estar grávida ou doente que ele não movia um dedo. Menina, era duro! Fazia de tudo com um barrigão de oito meses. Hoje as coisas são diferentes, você tem sorte!

Depois do bolo e do café, Dona Mariquinha pediu que eu a acompanhasse até uma porta no meio do corredor. Entramos em um quarto pequeno no qual havia apenas uma mesa coberta por uma toalha clara e uma cômoda. Imagens de santos e um vaso com flores frescas estavam dispostos sobre esta última. Uma Virgem Maria, um Santo Antônio e um São Sebastião flechado nos observavam. A janela aberta dava para um corredor estreito onde via alguns vasos de plantas encostados contra o muro alto. Os raios de sol formavam uma faixa luminosa sobre a parede amarela.

Dona Mariquinha se sentou em uma das cadeiras, e eu me sentei do lado oposto. Ela respirou fundo, fechou os olhos e juntou as mãos com um rosário de contas escuras entre os dedos. Via seus lábios se moverem sem produzirem qualquer som. Ao final, ela fez o sinal da cruz e olhou para mim. Então me perguntou por que eu estava ali. O que poderia dizer? Nem eu sabia direito. Pensei um pouco e tentei formar frases coerentes.

— Como explicar? Eu me sinto meio perdida, Dona Mariquinha. As pessoas dizem que eu devia pensar no que fazer com minha vida. Que devia ter ambições, mas não há nada que me atraia ou que eu deseje. Tirando a leitura, não há nada que faça com prazer, e não vejo razão em ir atrás de coisas que não fazem sentido para mim. Mas dizem que preciso me mexer, pensar no futuro, sabe? Não sei o que fazer. Estou errada em ser como sou? Devia estar correndo atrás de coisas que não despertam nada em mim só porque todos fazem isso?

Ela esperou que eu prosseguisse, mas não tinha mais nada a dizer. Eu me perguntei se aquilo fazia algum sentido. Mordi os lábios achando-me ridícula. Estava com quase trinta anos e ainda parecia uma adolescente. Não havia nenhuma tragédia, grande perda ou dor em minha vida. Apenas uma sensação de apatia que impedia que apreciasse o que quer que fosse e me paralisava. Os dias tinham sabor de pão amanhecido. Não pensava em ganhar dinheiro, ter um bom emprego, fazer sucesso ou arrumar um namorado e casar. Não tinha expectativas. Não desejava nada. Porém, no meu caso, não ter desejos não me proporcionava uma sensação de liberdade como acreditavam os budistas. Ao contrário, ela era opressiva.

Os olhos de Dona Mariquinha me observavam através das lentes de seus óculos de gatinho. Seus cabelos brancos formavam ondulações graciosas ao redor do rosto enrugado. Ela era uma idosa bonita. Tinha uma beleza digna. Afastei os olhos de seu rosto e os voltei para a toalha de mesa. Esperei. Dona Mariquinha se endireitou, encostou as costas na cadeira e sua expressão adquiriu um ar solene.

UM MAR CINZA

— Eu também já me senti perdida. Era mais nova do que você. Mas já tinha uma família. Eu me casei cedo, as pessoas se casavam cedo na minha época, antes dos vinte. Eu não fui exceção. Minha mãe morreu jovem, e meu pai se casou outra vez, eu era a filha mais velha e tive muitos irmãos e meio-irmãos. Aos dezoito, casei com um rapaz que tinha acabado de entrar na mesma tecelagem onde meu pai também trabalhava. Não era coisa de amor. Nós nos conhecemos, nos dávamos bem, e as famílias esperavam que a gente casasse, e foi o que aconteceu. Mas gostávamos um do outro, e posso dizer que foi um casamento feliz. Fiquei ainda mais feliz quando tive minha primeira filha, você não pode imaginar! Passava o dia olhando para aquele bebê entre meus braços. Ficava me perguntando como eu podia ter criado um ser tão perfeito! Só quem teve um filho sabe como é essa sensação. Esse encantamento com a maternidade ainda não tinha passado quando engravidei outra vez, no ano seguinte. Fiquei um pouco preocupada, meu marido não ganhava muito, e éramos jovens, mas não podíamos rejeitar o que deus tinha nos mandado.

Dona Mariquinha fez uma pausa.

— A segunda gravidez não foi fácil como a primeira. O parto durou horas, sentia dores horríveis e achava que ia morrer. Eu rezava pela criança, já nem me importava comigo, estava tão exausta! Quando finalmente meu filho decidiu nascer, não tinha nem forças para segurá-lo. Fiquei de cama por uma eternidade. Até hoje me lembro de muito pouca coisa dessa época. Uma de minhas irmãs mais novas veio me ajudar, ela arrumava a casa e cozinhava. Sei que ela trazia meu filho recém-nascido para que eu o amamentasse, me lembro de despertar com ele nos braços, mas logo apagava como uma lâmpada que alguém desliga. Também me disseram que eu andava pela casa, perguntava como iam as crianças e voltava para a cama. Na maior parte do tempo, eu me sentia flutuar em um lugar que não era deste mundo. Não havia nada ali, apenas um grande mar cinza. Eu flutuava e flutuava naquele mar cinza. Um dia, despertei, mas aquele mar cinza não me abandonou.

"Não era mais a mesma pessoa. A casa parecia diferente. José, meu marido, e as crianças pareciam diferentes. Os móveis, os cheiros, nada mais era igual. Quando segurava meus filhos nos braços, era como se eles não fossem meus filhos. Tinha ataques de pânico, às vezes ia até o jardim e fazia uma prece, isso ajudava, mas logo aquele estranhamento voltava. Quando não era o pânico, era a irritação. Sei que fui grossa com muita gente, especialmente com o José, que não tinha feito nada. Mil pensamentos cruzavam minha cabeça. Aquela não era a vida que eu queria. Não queria estar casada, não queria ter tido filhos. Não tinha escolhido aquelas coisas. Eu pensava em todas as possibilidades perdidas, queria ter estudado, não queria ser uma mulher que paria todos os anos — não que as mulheres tivessem muita opção na época —, achava tudo muito injusto. Tinha raiva e sentia culpa. Quando eu não aguentava mais, deixava as crianças com o José, abria a porta e saía. Não fazia nada demais, dava uma volta, arejava a cabeça e, quando me sentia mais calma, voltava. José procurava passar menos tempo em casa, dizia que tinha muito trabalho e chegava cada vez mais tarde, ele me evitava. Aquilo me magoava e aumentava ainda mais o sentimento de injustiça. Era a pobre da minha irmã que aguentava minha irritação, meu silêncio. Depois que ela ia embora, no intervalo de tempo em que permanecia sozinha com as crianças, eu mergulhava em pensamentos horríveis. Pensava em formas de me matar, olhava para as vigas de madeira da casa e me via pendurada por uma corda no pescoço. Pensava até mesmo em levar as crianças comigo. Eu rezava muito para deixar de ter essas ideias, não entendia o que estava acontecendo comigo. Antes, tudo era tão tranquilo! Eu estava contente com minha vida! Era como se o diabo tivesse me possuído.

"Os dias passavam e nada parecia melhorar. Minha madrasta decidiu me levar para ver uma benzedeira. Minha família estava preocupada comigo e com o meu casamento. Se as coisas continuassem daquele jeito, não dava para saber o que poderia acontecer.

"No dia combinado, deixei o José e fui dormir na casa dos meus pais. Acordamos de madrugada e saímos de carro para ver a tal benzedeira. Meus filhos ficaram com minhas irmãs. A mulher morava longe, e tínhamos que chegar cedo. Muita gente ia até lá, e ela só atendia a algumas pessoas. Eu não via muito sentido naquilo. Achava uma bobagem, mas era melhor do que ir ao médico e ser internada. Naquela época, as pessoas não conversavam com psicólogos, não existia esse negócio de tomar um remédio para acabar com os pensamentos ruins. O dia estava bonito. Olhava a paisagem através da janela do carro sem pensar em nada, sem sentir nada.

"Depois de algum tempo de viagem, chegamos a um sítio bem isolado. Descemos. A casa era modesta, uma dessas casinhas que a gente vê ainda hoje no interior com telhas vermelhas e paredes com a pintura descascada. Alguns vira-latas se deitavam sobre o chão de terra vermelha. Devia haver uns cinco à vista. Eles só deram uma olhada em nossa direção e logo se desinteressaram. Deviam estar acostumados com gente. Havia mais carros estacionados, bicicletas, até mesmo uma carroça. Os cavalos comiam o mato que crescia por ali. Uma moça um pouco mais velha do que eu veio nos receber e nos levou até uma sala. Ela se chamava Marlene, lembro-me de seu nome até hoje. Umas quinze pessoas estavam sentadas em cadeiras encostadas contra as paredes e esperavam sua vez. Meu pai preferiu ficar esperando no carro. Minha madrasta e eu entramos, cumprimentamos os demais com um aceno de cabeça e nos sentamos. Procurava não prestar atenção nas outras pessoas, mas não conseguia disfarçar minha curiosidade. Havia um homem com um tipo de deformação no rosto, um tumor, sabe? Bem do lado do olho. Ele tinha uma pele bastante queimada e as unhas sujas, logo vi que trabalhava no campo. A gente nota essas coisas olhando para as pessoas, não é mesmo? Ele percebeu minha curiosidade e virou o rosto. Eu fiquei envergonhada e olhei para o chão de concreto encerado. Com exceção dele, não via nenhum outro indício de quais seriam os problemas do resto daquelas pessoas. Algumas deveriam ser apenas acompanhantes como a minha madrasta.

"Ninguém conversava. Uma pessoa tossia, outra se levantava e dava uma volta no quintal. Após algum tempo, uma porta foi aberta e um casal de meia-idade saiu. Marlene os acompanhou até o lado de fora. Pela janela, pude ver que o homem agradeceu e estendeu algumas notas de dinheiro, ela as recebeu com um sorriso e retornou para a sala onde estávamos. A benzedeira não cobrava, mas acho que todo mundo contribuía como podia. O homem com a deformação no rosto entrou. Queria ir embora, mas não podia desapontar minha família. Minha madrasta tentava me reconfortar. Apesar de não termos o mesmo sangue, ela nunca me excluiu e sempre me tratou como se fosse sua própria filha. Precisava aguentar e ir até o fim com aquilo.

"Uma hora depois, as pessoas que estavam sentadas quando nós chegamos já tinham entrado, e eu seria a próxima. A sala ainda continuava cheia, outras pessoas não paravam de aparecer e se sentavam nos lugares que iam sendo desocupados. Estava espantada com aquilo. Quantas pessoas com problemas existiam no mundo? Aquele lugar ficava no meio do nada, mas a sala estava sempre cheia de gente procurando ajuda. Doenças do corpo e do espírito, imaginava. Ao menos as da carne eram visíveis. O meu mal era do espírito, será que aquela mulher poderia me curar? Eu tinha esperanças, lá no fundo, queria acreditar. A gente se agarra a qualquer coisa quando está desesperada, não é verdade?

"Minha vez chegou. Marlene fez um sinal para que eu entrasse. Eu me levantei e fui atrás dela, já tínhamos combinado que eu entraria sozinha. Era melhor, não queria ninguém do meu lado, nem mesmo a minha madrasta. Entrei no quarto e vi uma velha sentada em uma cadeira. Ela usava um vestido simples. Seu cabelo era curto, o rosto bem enrugado e as costas curvadas pela idade. Ela usava óculos de lentes grossas, seus olhos pareciam estar fechados, mas, quando me sentei à sua frente, percebi que ela deveria ter um problema de visão, talvez nem enxergasse. Marlene saiu e me deixou sozinha com a benzedeira. O cômodo não era bem iluminado, as paredes brancas pareciam azuladas de tão pouca luz que entrava. Havia poucos móveis, algumas cadeiras encostadas nas paredes, uma mesa com uma moringa de água, copos e uma cama com um colchão fino coberto por um lençol. Um grande crucifixo escuro estava pendurado na parede.

"— Bom dia, minha filha! Do que você precisa? — perguntou ela com uma voz baixinha e rouca. Eu estava sentada com as mãos sobre o colo e as costas grudadas no encosto da cadeira. Respirei fundo e comecei:

"— Depois que tive meu filho, não tenho mais vontade de fazer nada, é como se não tivesse mais energia. Às vezes, acho que não terei forças para continuar vivendo, minha casa, minha família, nada mais me anima. Se deixarem, passo o dia inteiro deitada na cama, olhando para o teto. É como se estivesse morta por dentro. Sonho e penso coisas horríveis. Tenho medo de fazer algo de que possa me arrepender. Já não me reconheço mais, às vezes, acho que estou ficando louca — disse e me calei.

"Ela sorriu e começou a falar com a maior bondade e paciência do mundo:

"— Isso não é loucura, não! Filhos são uma bênção, eles devem ser recebidos com muito amor, são seres indefesos. O que você está sentindo vai passar. Acredite, minha filha. Não vejo com estes olhos — disse, apontando para os olhos semicerrados —, mas sei que você é uma boa pessoa. Esse amargor no seu coração não é para sempre, é coisa passageira. — Ela continuava sorrindo. Eu me sentia mais calma após ouvir essas palavras, pois, no fundo, estava consumida pela culpa. — Ter um filho é uma tarefa muito especial. Você e seu marido deram um pedaço de si mesmos para a criança. Ela precisou desse dom para nascer, foi um presente que vocês ofereceram para que ela pudesse respirar neste mundo. Logo depois que a criança nasceu, ela deixou uma abertura, um espaço por onde suas energias se perdem. É assim com todo mundo, mas a maioria das pessoas consegue fechá-la e volta a ser inteira. Você perdeu muita energia e ainda não conseguiu se recuperar, suas forças estão esgotadas. Mas eu posso ajudá-la. — Ela ficou quieta por alguns instantes, como se me estudasse. — Só que há uma condição. — Novo silêncio. Eu fiquei alerta, começava a não gostar daquilo, que condição poderia ser aquela? — Vou fazer uma coisa muito especial para você e, em troca, um dia você fará algo especial para outras pessoas.

"— O que eu terei que fazer? Não entendo... — perguntei com um fio de voz.

"— Não é nada demais, é algo que fará muito bem para outras pessoas. Não se preocupe, quando chegar a hora, você saberá. Não precisa ter receio. Então, concorda?

"Apesar de tudo, eu tinha que confiar naquela mulher, não é mesmo? Tinha ido até lá para me curar, para que não fizesse uma bobagem e tornasse todos aqueles que amava infelizes. Se o que ela pedia era algo que faria bem para outras pessoas, como poderia recusar? Balancei a cabeça concordando.

"A mulher se levantou e veio em minha direção, eu permaneci sentada, na expectativa do que ocorreria em seguida. Suas roupas tinham um cheiro suave de alguma planta, não uma flor, era mais vegetal, agradável, como grama recém-cortada. Ela ficou em pé atrás de mim e colocou uma das mãos sobre a minha testa. Fechei os olhos, e permanecemos imóveis nessa posição por alguns minutos. Eu estava tranquila. Abri os olhos quando ela retirou a mão da minha testa e voltou a se sentar na cadeira à minha frente.

"— Você pode ir! Cuide da família e seja feliz.

"Ela sorriu, e aquele sorriso me fez sentir vontade de chorar, procurei conter minhas lágrimas, mas foi inútil. Era como se uma barragem tivesse se rompido. A mulher permaneceu em silêncio, esperando que eu controlasse o choro. Limpei o rosto da melhor maneira que pude e procurei me recompor antes de deixar o quarto.

"— Bata na porta para mim, por favor!

"Fiz o que ela pediu e, logo em seguida, Marlene entrou.

"— Ela não me deve nada — disse a benzedeira.

"Marlene balançou a cabeça e foi comigo até a sala onde minha madrasta me esperava. Saímos e fomos até o carro. Meu pai andava de um lado para o outro no quintal, ele nos viu e veio em nossa direção com um olhar indagador, mas ficou quieto.

"Quando minha madrasta estendeu algumas notas para Marlene, ela se recusou a recebê-las. Como sua recusa em aceitar qualquer forma de pagamento era categórica, agradecemos e entramos no carro. Ninguém fez perguntas.

"Não sabia dizer o que era, mas algo tinha mudado. Retornei com saudades dos meus filhos e do meu marido.

Voltei a fazer os serviços de casa, a cuidar das minhas coisas e dispensei minha irmã, que já devia estar cansada de ser minha babá. Não pensava mais em suicídio, e aquele mar cinza que ocupava minha cabeça sumiu. Eu me sentia bem. Três anos se passaram quando um incidente estranho aconteceu..."

Dona Mariquinha interrompeu sua narrativa e olhou para mim.

— Quer um pouco de água? Desculpe, às vezes, eu não sei quando parar, mas, se você não quiser ouvir, tudo bem. Depois de certa idade as pessoas começam a gostar de falar sobre o passado.

— Não, continue — respondi. — Quero saber o que aconteceu.

Dona Mariquinha sorriu com evidente prazer e continuou:

— Minha irmã, a mesma que cuidou de mim antes, casou e teve uma filha. Dessa vez, eu fui ajudá-la com o bebê. Quando cheguei, ela ainda estava um pouco enfraquecida, o parto dela também tinha sido difícil. Meu cunhado trabalhava durante o dia e ficava mais tranquilo em saber que eu estava com a esposa. Deixei meus filhos com minha madrasta e as outras irmãs. Foram dias animados, nós nos comportávamos como se fôssemos crianças outra vez. Quando éramos mais novas, eu gostava de pentear os cabelos da minha irmã, eles sempre foram compridos e macios, e eu inventava penteados como se ela fosse minha boneca. Um dia, pedi que ela me deixasse fazer uma trança em seus cabelos como antigamente. Ela concordou, nós ríamos e conversávamos sobre isso e aquilo. Eu acariciava seus cabelos com umas das mãos enquanto passava a escova. Foi quando tive uma ideia. Coloquei a palma da mão na testa de minha irmã como aquela benzedeira tinha feito comigo, fechei os olhos e tentei transmitir o amor que sentia por ela através daquele ponto de contato. Foi quase instintivo. Não durou nem um minuto, fiz de conta que foi uma brincadeira, e o resto do dia passou quase de forma normal, digo quase, porque minha irmã estava mais quieta do que de costume.

"Acordei mais tarde no outro dia. Meu cunhado já tinha saído para o trabalho e minha irmã amamentava o bebê sentada em uma cadeira na cozinha.

"— Bom dia, Mara! — Mara é meu nome verdadeiro, Mariquinha é um apelido que alguém me deu depois que fiquei velha. Não gostava, mas, com o tempo, comecei a achar que era carinhoso. — Coloquei um pouco de café em uma xícara. Cortei um pão francês no meio e passei manteiga. Era uma manhã sossegada, ouvíamos apenas o ruído de uma torneira sendo aberta na casa vizinha.

"— Mara, sabe, aconteceu algo ontem... — Minha irmã terminou de amamentar o bebê e olhava para mim com ar hesitante. — Não sei como explicar, mas, enquanto você penteava meus cabelos...

“— Fiz alguma coisa de que você não gostou? Puxei seus cabelos? — perguntei, interrompendo-a.

“— Não! Não foi nada disso! Eu não sei explicar... — Ela procurava palavras. — Foi uma sensação diferente.

“— Mas eu só penteei os seus cabelos...

“— Quando você colocou a mão sobre a minha testa, foi como se tirasse um peso do meu corpo. Eu me senti mais leve. Depois do parto, eu andava muito cansada e com um desânimo enorme. Mas todo o cansaço e todas as minhas preocupações sumiram naquele instante. Puf! Parece mentira!

“— Mas isso não quer dizer que eu tenha feito alguma coisa!

“— Acredite, não foi só isso! — protestou ela. — Lembra daquela benzedeira? Você não se sentiu melhor depois de vê-la? Acho que algo parecido aconteceu comigo!

“Senti um calafrio percorrer meu corpo. Recordei a conversa que tive com aquela mulher. Nunca mencionei aquela história da ‘condição’ para ninguém, nem mesmo para o José. Ela disse que um dia eu teria que fazer algo especial para outras pessoas. Achava que ela se referia a caridade, a doar roupas e alimentos para os necessitados, nada além disso.

“— Você está enganada. Deve ter sido coincidência! — retruquei um pouco perturbada. — Mas fico contente em saber que se sente melhor! — completei.

"Não tocamos mais no assunto, mas aquilo me deixou cismada.

"Algum tempo depois, minha madrasta teve um problema de vesícula e fez uma cirurgia. Ela ainda estava de repouso quando fui visitá-la. Enquanto meus filhos corriam pelo quintal e meu pai conversava com meu marido, eu fiquei no quarto fazendo-lhe companhia. Ela parecia bem, sorria e respondia às minhas perguntas, mas estava aborrecida e um pouco enjoada por causa dos remédios. Ela estava acostumada a manter a casa em ordem, era bastante ativa, ficar parada para gente assim é um tormento. Eu resolvi fazer um teste. Sem dizer nada, levantei da cadeira e fui até a cama, fiquei em pé ao seu lado e coloquei minha mão sobre sua cabeça. Ela não se moveu nem disse uma palavra. Então fechei os olhos e fiz uma oração silenciosa. Só isso.

"Mais tarde, perguntei se meu gesto tinha produzido algum efeito. Ela respondeu que sim, mas também não soube explicar exatamente o que era. Disse apenas que se sentia revigorada. Achei que minha irmã poderia ter mencionado o que se passou com ela e que aquilo poderia tê-la influenciado. Como um tipo de sugestão, não é assim que se chama? Eu li alguns livros de psicologia, não entendi muito, mas é o que acontece quando alguém repete tanto para si mesmo que não vai mais ter medo do escuro que acaba se convencendo disso, certo? Um tipo de auto-hipnose? Enfim, achei que minha irmã poderia ter contado aquele episódio e que minha madrasta poderia ter acreditado em meus 'poderes'.

"Comecei a praticar, quer dizer, a repetir o gesto que a benzedeira tinha usado comigo em membros da família, mas logo a notícia de que eu teria 'poderes especiais' se espalhou e os parentes começaram a mandar conhecidos me procurarem. Com o tempo, eu comecei a acreditar que, de alguma forma, era capaz de ajudar outras pessoas. Nunca entendi direito que efeito produz colocar a mão na cabeça de alguém, eu mesma não posso fazer isso comigo, não funciona.

"Depois de alguns anos, o número de pessoas que vinha bater na minha porta todos os dias aumentou muito, e isso se tornou um problema. Imagine acordar de manhã com umas três pessoas sentadas no seu quintal! Meu marido começou a ficar nervoso com aquilo, ele dizia que nossa casa não era um hospital. Eu e meus filhos também nos sentíamos incomodados. Resolvemos mudar, fomos para outra cidade, e, se alguém quisesse minha ajuda, teria que pagar. Sei que parece injusto, mas tinha outras responsabilidades e, após colocar a mão na cabeça de umas sete pessoas, eu me sentia totalmente esgotada. No final, essa foi uma boa solução, pude pagar algumas contas e colaborar com os estudos de meus filhos.

"Hoje em dia, recebo apenas alguns conhecidos e as pessoas que elas recomendam, como você, Mila. Só preciso explicar que o efeito do que faço é temporário. Meu neto costuma dizer que meu trabalho é como o de uma pessoa que conserta computadores. Ele me explicou como um computador funciona, mas, como não mexo nessas coisas, achei meio confuso. Mas, enfim, ele disse que eu sou uma 'técnica' que conserta as pessoas quando os programas 'travam'. Quando nada mais funciona, eu faço o que um técnico faz com os computadores: limpo o que está lá dentro, e a pessoa pode começar a funcionar outra vez. Mas chega um momento em que as coisas começam a 'travar' de novo, depende do que cada um coloca aí dentro — disse Dona Mariquinha, apontando para minha cabeça —, e de como coloca. Se tudo vai sendo amontoado, a bagunça só aumenta, e a pessoa precisa vir aqui novamente para que eu limpe tudo outra vez. Entendeu?"

— Quer dizer que a senhora não pode dizer nada sobre meu futuro ou sobre qual o caminho que devo seguir, mas pode fazer com que me sinta melhor?

— Isso mesmo, boa menina! Você entendeu tudo direitinho! Eu não tenho respostas, eu ajudo você a remover todo o lixo que está aí na sua cachola e a pensar com mais clareza, a considerar o que é mais importante. — Ela sorriu. — As pessoas acham que as coisas são fáceis, mas não é bem assim, ninguém pode fazer o trabalho duro por elas. Se aprendi algo em todos esses anos de vida, foi que não há respostas prontas, não há como saber se nossas escolhas serão boas ou más em longo prazo. Eu posso colocar a mão sobre a sua cabeça, e você vai se sentir melhor para tomar suas decisões, mas só isso, e não posso nem mesmo garantir que vá durar muito tempo. Algumas pessoas são mais receptivas do que outras, pode ser que você não sinta diferença, compreende?

Balancei a cabeça. Sempre esperamos que haja alguém no mundo, um sábio, um guru ou um oráculo que possa dizer qual será nosso futuro ou qual o caminho a seguir, mas Dona Mariquinha apenas confirmava o que meu lado cético sempre havia sussurrado em meus ouvidos: "Não há respostas prontas, não há mágica que resolva tudo, não é possível pegar o vigia do porvir dormindo e espiar o que nos espera do outro lado, seja sensata, Mila!".

— Podemos começar? — perguntou ela.

Eu balancei a cabeça novamente, não tinha nada a perder. Dona Mariquinha se levantou, veio em minha direção e executou os gestos já descritos. Eu a paguei antes de ir embora. Peguei um ônibus para ir até o Centro e outro para voltar a meu apartamento.

Como me sentia depois dessa intervenção mística? Não saberia dizer, não me sentia diferente. Não pensava em nada, limitava-me a observar o sol desaparecer atrás das casas em pé no ônibus lotado com serenidade, sem me incomodar com o cheiro de suor ou com os acessos de tosse das pessoas amontoadas ao meu redor.

RUMINAÇÕES

Fazia um mês que havia visitado Dona Mariquinha. Ainda estava na mesma situação daquele dia, sem emprego e sem qualquer ideia sobre o que devia fazer da vida, mas me sentia menos desesperada. *Que sera, sera.* Pois bem, se ninguém podia prever o futuro ou oferecer uma fórmula mágica, era melhor esperar para ver o que aconteceria.

Iria para onde a maré me levasse e, naquele momento, era para a capital do Estado. Havia enviado um projeto de pesquisa para concorrer a uma bolsa de pós-doutorado em um centro de pesquisas de São Paulo. Vi o cartaz por acaso em um mural da universidade, bastava ter um doutorado na área de humanas. Se o projeto fosse aceito, teria bolsa de estudos por mais dois anos. Decidi tentar minha sorte. Ter dinheiro garantido por mais algum tempo não faria mal, não estaria em melhor situação depois que aqueles dois anos de bolsa chegassem ao fim, mas procrastinaria o inevitável. Tentava me convencer de que alguma coisa me poria na direção certa até lá.

A cidade logo ficou para trás e foi substituída por pastagens interrompidas pelas empresas estabelecidas nas margens da rodovia. Não havia nada muito distintivo em suas estruturas. Elas eram basicamente grandes caixotes de cimento e vidro nas quais várias pessoas se reuniam para manufaturar um produto ou oferecer algum serviço. Rotina que não deixava de ser muito diferente daquela de seus anos escolares. Mas agora recebiam um salário que usavam para viver e pagar contas. Sempre me perguntava quantas dentre elas gostavam de seu trabalho e quantas sonhavam em estar fazendo outra coisa. Mas talvez essa fosse uma pergunta fútil, pois nem todo mundo tinha opção e podia se dar ao luxo de jogar tudo pelos ares em busca de alguma coisa que desse um significado para suas vidas. Algumas pessoas talvez nem fizessem esse tipo de questionamento e vivessem contentes. E eu as invejava. Quanto às empresas, caso deixassem de ser lucrativas, bastaria mandar os funcionários embora, vender as máquinas e tirar a placa da entrada. Outra logo ocuparia as instalações, e tudo recomeçaria. Afundei as costas no assento do ônibus procurando uma posição confortável e abri a revista que havia comprado na rodoviária.

Comecei a ler um artigo sobre um pagador de promessas português. Ele era técnico em informática e ganhava uma renda extra pagando as promessas de outras pessoas. Alguém ligava, dizia para ele ir andando até Santiago de Compostela, ou Fátima, e lá ia ele de cajado na mão e tênis nos pés. Coisa para poucos, pois o negócio não era barato, na casa das centenas de euros. Com certeza, ele era um homem de visão, pois soube identificar e suprir uma necessidade das pessoas. Hoje, quem podia se dar ao luxo de dizer para o chefe que precisava de uma licença para pagar a promessa que havia feito? Além disso, peregrinar envolvia riscos: cruzar com loucos, ser roubado, passar fome, frio ou sofrer um acidente. Por que penar se bastava contratar os serviços de um pagador de promessas e tirar o peso da consciência? Talvez fosse o emprego ideal para mim. Gostava de andar. Caminhava de uma ponta a outra da minha cidade na adolescência. Caminhava a esmo para dissipar o excesso de energia juvenil e minha solidão, pois, desde muito nova, sempre havia sido uma garota solitária, vivia mais voltada para meu mundo imaginário do que para a realidade.

Estava indo fazer a entrevista para a bolsa de pós-doutorado no centro de pesquisas. Ela seria realizada no final da tarde, o que me obrigava a voltar à noite para Campinas. Preferia que ela fosse mais cedo, até tentei negociar o horário quando recebi a ligação, mas foi inútil.

— Se modificar seu horário, terei que mudar todo o resto, não dá. Há pessoas que vêm de muito mais longe — explicou a secretária ao telefone.

Não gostava de São Paulo. Conhecia a cidade pelas excursões da época do ginásio e passeios com colegas de colégio. Íamos ver as bienais no Ibirapuera e as exposições no MASP ou na Pinacoteca. Gostava dos museus e da arte, mas não gostava da cidade. Já naqueles tempos, ela me parecia uma flor lúgubre com um miolo vibrante cercado por pétalas fenecidas. Os contrastes eram chocantes. De um lado, bairros periféricos com casas sem acabamento amontoadas umas sobre as outras; de outro, bairros com quarteirões verdes cercados por muros atrás dos quais se escondiam as casas de empresários e políticos. Voltava com dor de cabeça dessas incursões. Culpava a poluição, mas talvez a dor fosse provocada pelo excesso de estímulos sensoriais da capital.

As ruas movimentadas, as grandes avenidas, os executivos, os mendigos, os vendedores, a multidão de desconhecidos. O som dos carros, as buzinas, as sirenes, o zumbido contínuo. Os prédios espelhados, tinindo de novos; os prédios antigos com ares de cortiço. Os ambulantes que vendiam as mais variadas quinquilharias. As butiques com seus seguranças de terno e óculos escuros. Os fios que partiam dos postes e se emaranhavam formando teias desordenadas. As pichações ininteligíveis e onipresentes que lembravam mensagens deixadas por civilizações extintas. Tudo isso me dava vertigem. Milhares de pessoas se aninhavam nessa cidade. Consumiam-na, esgotavam-na. E se deixavam consumir e esgotar por ela em uma relação parasitária e simbiótica. Enfim, não me sentia bem nesse ambiente. Claro que, se conseguisse a bolsa de pós-doutorado, teria que passar alguns dias por semana na cidade, mas, no fundo, não acreditava que isso acontecesse.

Pegar o ônibus tinha seu lado lúdico: com sorte, era possível ouvir histórias divertidas. Como a das duas senhoras que conversavam sobre os maridos sentadas à minha frente. Uma delas contava como o marido não conseguira executar a simples tarefa de perguntar para um segurança de estação se o trem era pontual:

— Ele foi até o segurança várias vezes, mas o homem apenas ouvia e não abria a boca. Quando ele voltou sem uma resposta pela terceira vez, eu pedi para ele repetir o que tinha dito para o segurança e a resposta foi: "Eu perguntei a que horas sai o trem das cinco". Ai, que tonto! Tive que explicar que ele devia perguntar se o trem saía no horário.

Sorri e voltei para minha revista, deixando as duas falando sobre suas árvores genealógicas. O homem sentado ao meu lado dormia e acordou com um sobressalto quando sua cabeça começou a se inclinar para frente. Ele olhou ao redor com ar assustado e permaneceu desperto ao constatar que não faltava muito para chegarmos.

O ônibus se aproximou da entrada da capital, e o trânsito ficou mais lento perto da bifurcação que conduzia à marginal. As águas escuras do Tietê, uma mistura de substâncias indefinidas, exalavam seu odor característico. Apesar de a superfície parecer imóvel, diversos objetos flutuantes revelavam que o rio ainda se dirigia morosamente para algum lugar.

Seguimos devagar em meio ao trânsito intenso.

Observava a cidade através da janela. Via lojas de material de construção e postos de gasolina. Construções sem qualquer adereço ou identificação se escondiam atrás de muros e cercas de arame. Quase ninguém caminhava pela calçada. Alguns mendigos ocupavam canteiros verdes próximos às pontes. Com barbas por fazer, apáticos, eles ignoravam o trânsito, o ruído dos veículos e os olhares dos poucos motoristas que prestavam atenção à sua presença.

O ônibus fez um retorno, cruzou o rio e, após algumas voltas, entrou na rodoviária. Esperei que meu vizinho de assento se levantasse para eu fazer o mesmo. A rodoviária era uma construção de cimento confusa, escura, abarrotada de gente. Segui o fluxo dos passageiros e me dirigi às escadas rolantes, cheguei ao segundo andar, passei na frente dos guichês das companhias de ônibus e me sentei em um dos bancos das várias fileiras distribuídas pelo saguão em meio aos demais passageiros.

Sempre fazia isso quando passava pela rodoviária com tempo livre. Escolhia um banco em uma parte do saguão e ficava observando o movimento. Gostava da sensação de ser alguém que permanecia em um lugar onde todos estavam de passagem. Podia observar tudo à vontade sentada ali sem ser notada. Imaginar para onde cada um se dirigia, que tipo de vida levaria, no que pensaria, era uma forma de distração.

Um homem negro com roupas surradas falava sozinho perto de uma fileira de cadeiras próxima. Estimei que devia ter mais de sessenta anos, seus cabelos estavam desgrenhados, e lhe faltavam alguns dentes. Suas roupas eram grandes demais para o corpo franzino. Ele olhava para cima e gesticulava. Não compreendia o que dizia. Talvez vivesse na rodoviária como um espírito, sem ser visto ou ouvido, revelando-se apenas quando alguém se detinha em meio ao movimento como eu fazia naquele instante. Afinal, muito do cotidiano era feito de regularidades que passavam despercebidas pela maioria das pessoas.

Mesmo que parecesse ser apenas um louco que se encontrava lá dentro por acaso, aquele homem poderia ser uma figura habitual do lugar. As faxineiras e os atendentes das lanchonetes talvez o conhecessem e até o chamassem pelo nome. Talvez até lhe dessem de comer. Provavelmente era uma daquelas almas que desembarcavam nas rodoviárias e nunca mais as deixavam porque não tinham para onde ir e nenhum lugar para o qual retornar. Os arredores de qualquer rodoviária estavam sempre cheios de pessoas assim.

Cansei daquilo depois de algum tempo, eu me levantei e mergulhei na corrente que desembocava na plataforma do metrô após comprar o bilhete. Fui sugada por um vagão. Via as luzes dos túneis passarem diante de meus olhos através das janelas. Nada parecia ter mudado. A sensação de urgência e desamparo que me invadia quando estava na cidade era a mesma que experimentava na adolescência. Será que todas as pessoas que moravam naquela cidade sentiam algo parecido ou apenas eu? Era preenchida pela mesma sensação quando assistia a filmes nos quais os personagens percorriam cenários urbanos em vagões de trem ou metrô com os olhares perdidos em pontos indefinidos à sua frente.

Já maldizia o fato de não ter refreado o impulso de me inscrever e concorrer àquela bolsa de estudos. Como mencionei, não estava especialmente entusiasmada com a entrevista. Não achava que seria aprovada. Para começar, havia a entrevista propriamente dita. Sempre tive problemas com entrevistas. Mesmo minhas defesas de mestrado e doutorado foram momentos de terrível agonia. Sentia-me como um verme sob uma lente de aumento quando era questionada por outras pessoas e não conseguia organizar as ideias para dar respostas coerentes. Não era uma pessoa articulada. Alguns têm grande facilidade para falar sobre qualquer assunto com propriedade, mesmo que digam a coisa mais estúpida do mundo. Eu era incapaz de fazer isso, na maioria das vezes, ficava tão travada que não conseguia abrir a boca, e o que escapava por ela era mais difícil de decifrar do que uma sentença proferida pela pítia do oráculo de Delfos.

Há pessoas que escrevem bem, há pessoas que falam bem, há aquelas que escrevem e falam bem. E há aquelas que não têm tanta sorte. Lá ia eu outra vez me contorcer sob uma lente de aumento.

O vagão ficou cheio e continuei em pé. Mal havia espaço para apoiar as mãos, era preciso vencer a resistência dos outros corpos e conquistar o espaço a empurrões e cotoveladas. Sentia o suor em minhas têmporas e axilas. O contato de minhas mãos com a barra no teto era desagradável. Procurava manter uma expressão impassível enquanto olhava para o lado de fora, onde a paisagem urbana dava lugar à escuridão dos túneis nos quais o trem submergia. No entanto, não conseguia me concentrar nesse exercício, e meu olhar vagava pelos rostos ao redor.

Logo notei uma mulher com uma criança sentada em um banco mais afastado. Ela se voltava para trás e conversava com alguém. Não demorei muito para ver uma idosa responder em outro banco. O que chamou minha atenção não foi o conteúdo da conversa, mas a maneira como ela era feita, não havia palavras, as duas mulheres tinham algum tipo de deficiência e se limitavam a balançar a cabeça e a grunhir fazendo caretas com todos os músculos da face. Tinham uma linguagem própria e incompreensível. Isso me intrigou e passei a observá-las pelo canto dos olhos.

A criança sentada ao lado da mulher mais nova deveria ter cerca de sete anos, uma menina com belos olhos escuros e o rosto um pouco sujo. Ela balançava uma caixa de suco e procurava beber o que ainda restava chupando o canudo branco. Seus cabelos compridos estavam presos, mas desgrenhados. Ela parecia não ter herdado a deficiência das outras duas que, àquela altura, concluí serem sua mãe e sua avó. Fiquei um pouco aliviada, mas logo percebi que algo não estava certo, um dos braços da menina era mais grosso do que o outro, como se um deles tivesse se desenvolvido demais. Procurava imaginar que tipo de homens tomaram aquelas mulheres nos braços e deram continuidade à sua linhagem. A menina também passaria sua herança genética para os filhos. Franzi o cenho ao pensar no tipo de deformidades armazenadas em seu útero. Envergonhei-me por ter esse pensamento e olhei ao redor para me certificar de que ninguém havia lido meus pensamentos.

Não era a única pessoa que prestava atenção àquelas mulheres, vários outros passageiros olhavam para elas com um misto de curiosidade e repugnância. A mais velha se levantou e se aproximou da outra, que também se levantou e puxou a menina quando o trem parou em uma estação. As três vestiam saias compridas e sujas. Eram ciganas. Apesar de o vagão continuar lotado, ninguém se sentou imediatamente nos bancos desocupados, como se eles pudessem estar contaminados. No entanto, não demorou muito para que outros passageiros entrassem e os ocupassem, contentes por terem encontrado um lugar livre.

O centro de pesquisas ficava em uma rua quieta e arborizada em um bairro tradicional da cidade. Não foi difícil encontrá-lo, nem precisei pedir informações depois de sair da estação de metrô. Havia poucas pessoas na rua. Procurei o número indicado e parei na frente de um bonito casarão construído no início do século XX. Não havia placa ou qualquer indicação de que o lugar fosse um centro de pesquisas. Procurei a campainha, mas, antes que eu a apertasse, ouvi o barulho do portão de ferro ser destravado. Entrei, fechando-o atrás de mim. Subi o lance de escadas e cheguei a uma espécie de vestíbulo. Uma mulher estava sentada atrás de uma mesa cheia de papéis, provavelmente era a secretária com quem eu havia conversado ao telefone. Dei meu nome e disse que tinha uma entrevista marcada. Ela sorriu, confirmou o horário e pediu que esperasse junto com outras duas pessoas, uma garota e um rapaz que estavam sentados em cadeiras próximas. Eu os cumprimentei e também me sentei.

A secretária conversava com outras pessoas que surgiam por um corredor ao nosso lado. Nós três permanecemos em silêncio. O rapaz parecia mais velho, a garota devia ter menos de trinta, como eu. Ambos liam seus projetos de pesquisa, eu trazia apenas a revista comprada na rodoviária. Como já havia lido tudo o que me pareceu de algum interesse, fiquei sentada sem ter o que fazer. As entrevistas eram feitas em uma sala ao nosso lado, uma grande porta de vidro fechada por uma cortina nos separava de nossos entrevistadores. Alguém se encontrava lá dentro, podia ouvir vozes abafadas.

Meus concorrentes estavam concentrados em seus papéis. Fiquei um pouco envergonhada por não ter trazido ao menos o meu projeto para dar uma olhada de última hora, mas não achei que faria diferença. Depois de alguns minutos, uma garota alta saiu da sala, e a garota que estava sentada do lado de fora foi chamada. Ela entrou e a porta voltou a se fechar.

— Quando sai o resultado da seleção? — perguntou a garota alta que havia saído.

— Acho que até o final da próxima semana — respondeu a secretária. A garota agradeceu, suspirou e foi embora. Ficamos apenas eu e o rapaz sentados frente a frente. Por alguma razão, tinha certeza de que ele seria aprovado. Não sei dizer o que me dava essa certeza, talvez fosse seu ar compenetrado e seguro. Ouvimos risos vindos da sala onde as entrevistas eram feitas.

— A conversa lá dentro parece animada — comentou o rapaz, levantando os olhos de seus papéis.

Sorri, concordando. Na falta de assunto para estabelecermos um diálogo, ele retomou sua leitura, e eu fiquei olhando para o jardim do lado de fora.

A garota saiu, o rapaz entrou e a porta voltou a ser fechada.

— Você sabe quando sai o resultado? — perguntou a garota para a secretária, como a garota alta havia feito antes.

— Acho que logo, até o final da próxima semana — respondeu novamente a secretária.

— Estou decidindo o rumo da minha vida aqui — comentou a garota e deu um grande suspiro. Seu sotaque dava certa graça àquela frase séria. — Se a bolsa não sair, vou vender tudo e dar aulas em barcos para crianças no Amazonas!

Eu e a secretária rimos, a garota também riu. Ela parecia ser uma pessoa divertida e determinada, não duvidei de que fosse capaz de fazer aquilo. Esperava que ela conseguisse a bolsa, apesar de achar que as crianças do Amazonas fossem perder uma ótima professora. A garota se despediu, e eu e a secretária ficamos sozinhas.

Não queria pegar o metrô lotado na hora do *rush* paulistano, mas isso seria inevitável. O rapaz saiu depois de alguns minutos. Ele estava tranquilo e não fez a pergunta que as outras duas garotas fizeram. Despediu-se da secretária e foi embora após me desejar boa sorte.

Fui chamada.

Um homem encorpado, alto e calvo de cerca de setenta anos me recebeu na porta e me convidou a sentar na ponta de uma comprida mesa de madeira. Estava em uma grande sala de jantar convertida em sala de reuniões. O homem que me chamou era o diretor do centro de pesquisas, um professor conhecido na minha área. Era a primeira vez que o encontrava pessoalmente. Outras duas pessoas compunham a banca, um homem e uma mulher, provavelmente pesquisadores do centro. Ambos me cumprimentaram com um sorriso cortês.

— Você foi chamada para esta entrevista porque seu trabalho teve seu mérito reconhecido — disse o mais velho. Devia agradecer ou esboçar alguma reação? Mantive a cara de paisagem. Àquela altura, já sabia que várias frases não passavam de clichês no mundo acadêmico, elogios a trabalhos feitos em ocasiões formais estavam incluídos nessa categoria e serviam para amenizar as críticas que viriam em seguida. — Então, o que você aprendeu em seu curso? — perguntou ele sem delongas. Sua voz ecoou pela sala.

O que aprendi? Apesar das horas debruçada sobre livros com o lápis em riste, pronta para sublinhar passagens importantes, uma dissertação e um doutorado em meu nome, a verdade era que não sabia nada. Nunca saberia o suficiente. Sofria da síndrome do impostor, mas não era isso o que eu era? Uma fraude? Balbuciei respostas estapafúrdias com os olhos voltados para a mesa. Até hoje não me recordo de nada do que disse, só da sensação de desconforto que crescia entre nós.

O pesquisador mais jovem fez uma única pergunta:

— Você acha que há filosofia no Brasil?

Não sabia o que dizer. Se dissesse que não, iria ofendê-los, se dissesse que sim, teria que dar exemplos, e não tinha nenhum a oferecer que satisfizesse meu critério de solidez. Apesar de haver alguns poucos intelectuais brasileiros reconhecidos internacionalmente, eles não eram formados em Filosofia. O que ele queria dizer com "filosofia no Brasil", afinal de contas? Havia pesquisadores, sim. Havia algum filósofo brasileiro? Alguém que fosse citado fora ou tivesse uma obra que oferecesse um novo parâmetro para refletirmos sobre a sociedade ou sobre o mundo? Vasculhei minha memória, mas nenhum nome me veio à mente. Falar bonito e fazer citações, mesmo que despertasse minha inveja, não transformava ninguém em filósofo, talvez em sofista, mas não em filósofo. Balbuciei uma resposta qualquer e me recolhi à minha insignificância.

A entrevista foi rápida, e eu sabia que não tinha causado boa impressão. Saí com raiva de mim mesma por ter me submetido àquele papelão quando já sabia o que aconteceria. Eu me despedi da secretária e desci as escadas com passos rápidos, quase como se fugisse do lugar. Não perguntei quando o resultado sairia. Não havia razão para ter expectativas.

A cidade estava coberta por algumas nuvens. O sol logo desapareceria entre os prédios. Cruzei os braços e apertei o passo. Um vento frio soprava na Paulista enquanto me dirigia para a estação de metrô.

Ruminava as repostas que deveria ter dado enquanto me equilibrava no vagão do metrô, e nem Sócrates seria tão eloquente quanto eu nesse momento. Por que não conseguia fazer algo tão simples quanto dizer frases com algum sentido quando estava sob pressão? Ao meu redor, as pessoas subiam e desciam nas estações, cada uma delas entregue aos seus próprios pensamentos, às suas próprias ruminações.

ULISSES

Havia passado pela biblioteca para pegar alguns livros e resolvi ler um pouco ao ar livre, como era meu hábito. Detestava ler nas bibliotecas, me sentia oprimida entre as estantes cheias de livros que me observavam do alto das prateleiras. Seu ambiente não permitia que relaxasse, era sério, solene demais.

Estava absorvida na leitura, sentada em um dos bancos da praça central da universidade, quando ouvi Ulisses me cumprimentar. Ele calçava chinelos e trazia um *béret* sobre os cabelos ligeiramente compridos.

— Veja todos esses calouros andando pelo *campus*! Lembra-se de como era? A gente entra assustado, não sabe muito bem onde as coisas estão, procura as salas de aula, anda em bando. Eu tinha tantas expectativas naquela época! Achava que meus conhecimentos poderiam fazer alguma diferença no mundo e que teria todas as respostas para as questões da existência. Cinco anos depois, ainda nem terminei a graduação! — Ulisses era sarcástico, como sempre.

Havíamos prestado vestibular no mesmo ano, mas, enquanto eu começava o mestrado, ele se arrastava em seu quinto ano de graduação em Filosofia. Fechei o livro e ele se sentou ao meu lado.

— Eu também tinha expectativas, achava que entraria na universidade, seria uma ótima aluna, me formaria, conseguiria um bom emprego, conheceria um cara legal, casaríamos e seríamos felizes para sempre — disse brincando.

— Que merda, Mila! Que pensamento mais burguês!

Nós rimos. Ríamos por qualquer bobagem.

A família de Ulisses tinha uma loja de móveis em uma cidade do interior de São Paulo. O pai reprovou a escolha de curso do filho desde o início, e sua demora em concluí-lo o irritava; para demonstrar sua contrariedade, ele se limitava a enviar dinheiro suficiente para que o rebento não morresse de fome, o que não incomodava Ulisses nem um pouco, já que ele não precisava de muito.

— O que está lendo? — Ulisses apontou para o livro no meu colo.

— Rousseau. *A Nova Heloísa*, já leu?

— Não. Li pouca coisa dele, acho que só o *Discurso sobre a desigualdade entre os homens* em um daqueles cursos que fizemos no segundo ano. Que tal?

— Uma garota é seduzida por seu professor de música, o romance é descoberto pelos pais, o professor é enxotado, e a garota se casa com um homem mais velho escolhido pela família, um sujeito bem decente, que compreende os sentimentos da esposa por seu antigo professor. Todos mantêm boas relações uns com os outros. Ainda não terminei, mas dei uma folheada para ver o final e acho que alguém morre — resumi.

— Parece chato.

— Não é tão ruim, preciso ler muito para escrever a dissertação. Há coisas interessantes, mas há outras bem tediosas. Leio tudo o que tenha qualquer relação com minha pesquisa, fico com medo de deixar alguma obra importante de lado, mas devia filtrar melhor as leituras. Tenho bebido várias xícaras de café para não desabar de sono sobre alguns livros. Às vezes, descubro que passei os olhos por duas páginas e que não me lembro de nenhuma palavra! E tudo isso para escrever um texto que ninguém vai ler além do meu orientador e de dois pobres coitados que farão parte da banca — disse, meio a sério, meio de brincadeira.

Mal havia entrado no mestrado e eu já tinha várias dúvidas sobre minha escolha. Gostava de estudar, mas não via finalidade no que fazia. Ao menos, não uma finalidade prática. Para mim, estudar era um fim em si mesmo. Nunca tive um sentido prático muito apurado, mas já era tomada por sentimentos de insegurança quando pensava no futuro. O que fazia era um privilégio, estaria à altura dele? Seria capaz de devolver todo o investimento feito em mim? As pessoas geralmente estudavam para adquirir conhecimentos que lhes permitissem encontrar um bom emprego, ganhar dinheiro, comprar casa, viajar e manter uma família. Eu não. Galgar uma posição respeitável na sociedade não me importava. Entretanto, a sensação de que acabaria desapontando meus pais me angustiava, mesmo que eles não fizessem cobranças e estivessem contentes por me verem fazendo algo de que parecia gostar. Eu era o primeiro membro da família a entrar em uma universidade, e eles estavam orgulhosos. No entanto, a ideia de que inevitavelmente terminaria por decepcioná-los me deprimia.

Não conversava muito com meus colegas durante a graduação. Costumava ficar em um canto com um livro nas mãos antes das aulas ou durante os intervalos. Cumprimentava todo mundo e sorria, mas não participava de nenhum grupo e almoçava sozinha no bandejão, o restaurante universitário. A típica *nerd*. A primeira conversa que tive com Ulisses se deu apenas em nosso segundo ano de Filosofia. Sei que fazia frio e chovia fino nesse dia. As pontas dos meus tênis ficaram molhadas quando pisei em algumas poças de água ao descer do fretado e sentia os dedos dos pés gelados. Nessa época, ainda viajava todos os dias para assistir às aulas na universidade. Saía de casa cedo e tomava um ônibus para ir até a avenida de onde os fretados que partiam em direção à Unicamp esperavam pelos estudantes. Felizmente, a aula sobre Spinoza estava interessante e me fez esquecer o frio. Era cedo, e alguns alunos tinham sono, observava o queixo de um deles ir se abaixando em direção ao peito onde seus braços estavam cruzados. Ele despertava assustado cada vez que seu corpo perdia o equilíbrio. As luzes acesas no teto davam um tom alaranjado às paredes, o dia espiava cinza pela porta aberta.

Ao final da aula, alguns alunos rodearam a mesa do professor para fazer perguntas de última hora, tirar alguma dúvida, pedir a extensão do prazo para entregar um trabalho ou simplesmente para não perder um comentário importante. A sala ficava no segundo andar. O corredor era aberto para o pátio do Instituto de Ciências Humanas. Fiquei parada ali, sem vontade de sair na chuva fina que havia voltado a cair. Ainda faltavam alguns minutos para o horário de abertura do bandejão.

— Tempo chato, não é mesmo? — ouvi alguém dizer atrás de mim. Eu me voltei e Ulisses me observava sorrindo.

— Detesto dias assim, úmidos e frios — comentei, na falta de algo melhor para dizer.

Ele se postou ao meu lado e encetamos uma conversa sobre assuntos inócuos. Normalmente, eu daria uma desculpa e sairia correndo para evitar uma conversa mais prolongada, porém a chuva e o frio não permitiam que me esquivasse.

A biblioteca à nossa frente estava em obras, e um pedreiro cavava uma vala no chão ao lado do prédio. Suas roupas começavam a ficar molhadas, mas ele parecia não ligar e continuava a trabalhar. Não entedia por que ele não deixava aquele serviço para outra hora, não devia ser nada urgente, mas lá estava ele com uma enxada nas mãos enquanto a chuva caía fina sobre suas costas. Interrompemos a conversa e passamos a observá-lo em silêncio.

Nosso professor enfim saiu da sala e, talvez por nos ver ali, postou-se brevemente ao nosso lado e também ficou observando o homem trabalhando sob a chuva.

— *Suave, mari magno* — murmurou, sem olhar para nós, e saiu caminhando com sua maleta em uma das mãos na direção do prédio da diretoria. (Alguns anos depois, ele se tornou meu orientador de mestrado e, em seguida, e por inércia, de doutorado.)

Ulisses e eu nos entreolhamos. Aquele professor citava o início daquele verso de Lucrécio com frequência durante as aulas: "*Suave, mari magno turbantibus aequora ventis e terra magnum alterius spectare laborem*", ou: "como é agradável observar, em terra firme, a labuta de outra pessoa quando o mar está agitado". Não fizemos nenhum comentário, mas senti uma ponta de vergonha por estar seca e confortável ali em cima enquanto contemplava aquele homem trabalhar sob a chuva. Ulisses também devia ter pensado a mesma coisa.

Nós almoçamos juntos nesse dia e nos tornamos bons camaradas. Gostava de seu nome. Ele evocava aventuras misteriosas em terras distantes. Lembrava-me da longa viagem do herói da odisseia homérica. Ele riu quando lhe disse isso, mas sabia que gostava de ser associado ao personagem.

Ele já usava o *béret* preto sobre os cabelos castanhos claros, a mesma cor de seus olhos. Fazia o estilo "não estou nem aí para o que vocês pensam de mim". Apreciava seus comentários ácidos. Eles não tinham um alvo em particular, eram dirigidos para objetos diferentes dependendo de seu humor. Um dia ele falava mal da política e, no outro, criticava a comida do bandejão, entretanto, quando ele se apegava a um tema, falava sobre a mesma coisa o dia inteiro. Eu o achava divertido, apesar de (ou talvez por) nossas conversas geralmente serem absurdas e sem qualquer seriedade. Gostava de provocá-lo, e ele não deixava por menos.

Nós dois também compartilhávamos o gosto pela literatura e, apesar de não ver Ulisses com um livro de filosofia, ele estava sempre lendo algum romance. Ele lia em seu próprio ritmo, sem pressa de chegar ao final, como tudo o que fazia. Ao contrário de mim, que avançava pelas páginas como uma locomotiva, ele ia de página em página com calma, sorvendo cada palavra, prestando atenção em todos os detalhes. Sabia qual era o livro do momento porque ele recitava os trechos de que gostava em voz alta. Durante boa parte do tempo em que estivemos juntos, seu autor favorito foi Proust. Ele leu todos os sete volumes de *Em busca do tempo perdido* do começo ao fim.

— Que genial o começo de *Sodoma e Gomorra*! Proust escreve que o obelisco da Praça da Concórdia parece "um *nougat* rosa" e a Lua, "um gomo de laranja delicadamente descascado"! — Ele repetia o trecho para si mesmo e balançava a cabeça em aprovação.

Podíamos ficar lado a lado, absorvidos em nossos próprios pensamentos sem nos sentir incomodados. Quando um de nós encontrava algum assunto interessante e abria a boca, o outro balançava a cabeça ou fazia um breve comentário e ambos voltávamos a ficar quietos. Naquela época, não achava que seria difícil encontrar outra pessoa com quem me sentisse tão à vontade. Ainda não compreendia que nosso relacionamento era uma exceção, não a regra.

Nós nos aproximamos de verdade depois que comecei o mestrado e me mudei para um apartamento próximo do *campus*. Estava cansada de pegar o fretado todos os dias para voltar para casa como havia feito durante a graduação. Ulisses vivia na moradia estudantil e me ajudou com a mudança. Meus pais transportaram as caixas e os móveis durante um final de semana, mas eu ainda precisava montá-los e colocá-los em seus respectivos lugares. Dormi sobre o colchão na primeira noite. Ulisses apareceu no dia seguinte depois do almoço com seu eterno *béret* na cabeça, camiseta, bermuda e chinelos. Passamos a tarde arrastando móveis de um lado para o outro. Quando terminamos, fomos até um mercado próximo, e comprei pães e frios para um jantar improvisado. Comemos sanduíches e bebemos suco de laranja sentados à mesa. O apartamento ainda precisava de alguns toques finais, mas já estava habitável.

— Até que fomos bem rápidos! — comentei.

— Ter crescido entre móveis tem sua utilidade. Sempre via meu pai e os empregados montando coisas na loja. Às vezes até ajudava.

Ele terminou o suco, encheu o copo outra vez e sorveu todo o conteúdo em um só gole. Em seguida, lavou o copo na pia, deu uma olhada ao redor para se assegurar de que tudo estava em seu devido lugar e se voltou para mim:

— Agora somos vizinhos! — disse, sorrindo.

Essa foi a época em que mais me senti próxima de outras pessoas. De pessoas com as quais tinha afinidade. Primeiro Ulisses e depois Lúcia. No entanto, ainda preservava a solidão que me era tão cara. Passava a maior parte do dia sozinha no apartamento. Acordava cedo. Tomava café com leite e comia uma fatia de pão com manteiga. Colocava um CD para tocar, geralmente algum *jazz* ou canções de Edith Piaf. Quando terminava de comer, abria um livro e começava a ler. Costumava ler mais de um livro por vez e, depois de algumas dezenas de páginas de cada um deles, eu me espreguiçava esticando os braços e as pernas sentada na cadeira, levantava e passava algum tempo olhando para o lado de fora através da janela. Não olhava para nada em particular, não havia nada além da rua e das casas, isso servia mais como um tipo de higiene mental. Às vezes, varria o chão ou lavava o banheiro. Se não houvesse nada para limpar, pegava um bom livro de literatura. Foi assim que li quase todo o Rousseau e Diderot em companhia de Milan Kundera, Nagib Mahfuz e Cervantes.

Depois que terminava a sessão de leitura, saía e me dirigia à biblioteca para devolver ou pegar algum livro, ou ao mercado. Comprava apenas o suficiente para um ou dois dias. Costumava fazer saladas, misturava os mais variados vegetais, grãos e verduras em um prato, temperava tudo com sal, azeite e vinagre e comia a salada com um pedaço de pão. Uma ou outra vez, preparava um prato simples, como uma massa.

Às vezes, acompanhava Ulisses ao bandejão, mas, como meus pais me enviavam algum dinheiro e eu tinha a bolsa de estudos, preferia comer frugalmente no conforto de meu minúsculo lar. Depois do almoço, quando a letargia da digestão não era extrema, repetia a mesma rotina da parte da manhã, lia até me cansar, depois tomava um banho e pensava no que fazer para o jantar. Quando havia algum filme ou alguma atividade cultural no *campus*, Ulisses vinha me chamar, e saíamos juntos. Na volta, ele me acompanhava até o apartamento e depois pegava o ônibus que o levava até a moradia estudantil.

Minha vida era quase monástica, regrada, mas era isso mesmo que desejava. Poderia ter permanecido na casa de meus pais, viajava todos os dias de minha cidade até Campinas durante a graduação, nada me impedia de continuar fazendo o mesmo durante a pós, na verdade, tinha até menos aulas para assistir e não precisava ficar tão perto do *campus*, mas preferi sair de casa. Achava que não conseguiria me concentrar com meus pais por perto. Precisava de espaço. No começo, eles resistiram à ideia de me deixar morar sozinha, mas acabaram concordando.

Os poucos conhecidos de colégio com os quais costumava sair foram para outros lugares depois de passarem nos vestibulares, e perdemos contato. Quando estava na casa de meus pais, era invadida por uma sensação estranha, os objetos que me cercavam, como os bichos de pelúcia, fotos e cartas antigas, faziam parte do passado, pertenciam a outra pessoa.

Morava em Campinas há quase dois meses quando Ulisses e eu transamos pela primeira vez. Como em outras ocasiões, fomos assistir a um show em um parque da cidade. Uma banda fazia um *cover* da Legião Urbana sobre um palco montado ao ar livre. Pouco antes do final do show, o céu foi coberto por nuvens, o vento ficou forte, e relâmpagos e trovões não tardaram a se manifestar. Quando as gotas começaram a cair, Ulisses agarrou uma de minhas mãos e me conduziu entre as pessoas que fugiam da chuva. Eu as ouvia chamar umas pelas outras entre risadas e gritos histéricos. Estávamos ensopados quando paramos sob a marquise de uma loja e nos esprememos contra a porta de aço fechada. A chuva apenas aumentava de intensidade. Ulisses perdeu o *béret* na correria. Seus cabelos molhados escorriam sobre a testa. Ele ainda segurava uma de minhas mãos. O gramado há pouco tomado por centenas de pessoas parecia um campo de batalha após a debandada das tropas. Copos de plástico e pedaços de papel eram arrastados pela enxurrada que corria sobre a rua. Os cantores deixaram o palco e apenas algumas luzes ainda permaneciam acesas. A chuva molhava as pessoas que estavam à nossa frente quando o vento mudava de direção, não havia mais espaço para elas se protegerem, e ouvíamos suas imprecações contra o mau tempo.

Esperamos bastante até que a chuva se transformasse em uma garoa fina. As pessoas deixaram a proteção da marquise aos poucos. Elas vasculhavam o céu, hesitavam e depois se lançavam à calçada com passos rápidos, quase correndo, como pequenos animais que aproveitavam um descuido do predador para fugir. Nós também saímos e caminhamos sem pressa sob a chuva fina. Não havia mais ônibus para a moradia estudantil naquele horário, e convidei Ulisses a passar a noite em meu apartamento.

O sexo foi natural. Disse que minhas mãos estavam frias, Ulisses as segurou entre as suas e me puxou para perto de si. Nós nos beijamos e retiramos nossas roupas molhadas. Sua pele também estava fria, mas ainda parecia mais morna do que a minha. Nós nos deitamos na cama de solteiro e senti seu calor me penetrar.

Bebemos chá depois do banho. Ulisses vestia uma de minhas camisetas e calças de moletom, a barra ficava um palmo acima de seu tornozelo, mas era a única peça de roupa que lhe servia. Suas roupas molhadas estavam penduradas no *box* do banheiro.

Ulisses dormiu sobre um colchonete que estendi ao lado da minha cama. Acordei várias vezes durante a noite, o ruído de sua respiração me lembrava de que não estava sozinha. De manhã cedo, ele recusou o café e vestiu as roupas ainda molhadas. Não brincamos ou rimos. Nós nos comportávamos de modo diferente e nossa despedida foi esquisita.

— Que pena que você perdeu seu *béret* — lamentei.

— Não tem problema. Ele já estava bem velho. — Ulisses sorriu e depositou um beijo em minha testa antes de ir embora.

E, assim, demos um passo em direção a algo que não tinha nome. Ainda conversávamos sobre os mais variados assuntos, fazíamos comentários pouco lisonjeiros sobre livros, professores e colegas. Mas também nos trancávamos no apartamento, ouvíamos *jazz* e passávamos muitas tardes juntos, transávamos e, quando tínhamos vontade, saíamos caminhando sem rumo apenas pelo prazer da companhia mútua. Como eu, ele também era introspectivo, não participava de grupos ou se interessava em se engajar em alguma causa como muitos de nossos colegas de humanas. Não queríamos mudar o mundo, fazer alguma diferença ou ter algum posicionamento de qualquer tipo. Queríamos apenas fazer o que nos desse na telha sem precisar dar explicações.

— Gosto de estar com você — disse Ulisses de repente.

Estávamos sentados nas cadeiras de plástico da cantina do Instituto de Ciências Humanas. Bebíamos cerveja, a garrafa e os copos descansavam sobre uma mesa igualmente de plástico. Era quase final de tarde, grupos de estudantes ocupavam as outras mesas, conversavam em voz alta e davam risadas. Apreciei a maneira como Ulisses falou aquilo. Não era necessário pedir esclarecimentos, e permanecemos quietos.

Depois que alguém passa um bom tempo na universidade, ou seja, se não termina a graduação no prazo considerado normal, em quatro ou cinco anos, ou estende sua estada em uma pós-graduação, percebe que as pessoas ao redor começam a ficar cada vez mais jovens, cada novo vestibular traz uma nova leva de adolescentes.

Foi uma constatação desse tipo que fez com que Ulisses tomasse uma decisão. Depois de quase um ano juntos, ele se deu conta de que eu estava quase terminando o mestrado enquanto ele ainda não havia concluído a graduação e continuava vivendo na moradia estudantil com rapazes que acabaram de passar no vestibular.

— Termino a graduação este ano! — disse resoluto, mais para si mesmo do que para mim certo dia.

Estávamos sentados no gramado da praça central; eu, com um livro aberto no colo; ele, com fones nos ouvidos. A manhã era agradável, e nos aquecíamos ao sol. Balancei a cabeça concordando, porém sem levá-lo a sério. Ulisses levava uma existência muito confortável. Terminar o curso significava ter que voltar para a casa dos pais. A última coisa que imaginava que faria.

— Está na hora. Não posso mais viver desse jeito.

Era a primeira vez que ele dizia algo parecido. Esperei que prosseguisse, mas ele se calou.

— O que você vai fazer depois de se formar? — perguntei, fechando o livro.

— Não sei. Talvez procure um emprego — respondeu ele, removendo os fones.

— Que tal um mestrado? Poderia conseguir uma bolsa — sugeri.

— Não é para mim. Detesto ter que cumprir prazos e só consigo ler o que tenho vontade. Não sou como você — disse, apontando para o Diderot que eu havia depositado sobre a grama.

Não fiz comentários. Ainda éramos jovens e, sob a égide de nossa ignorância, acreditávamos que teríamos tempo para tudo.

Pouco antes do final desse mesmo ano, o pai de Ulisses foi morto durante um roubo à loja de móveis da família. Não o vi chorar, mas sua expressão dizia tudo. Mais do que tristeza, ele sentia raiva e impotência. Não fui ao enterro. Perguntei se ele gostaria que o acompanhasse, mas ele disse que não era necessário, e não insisti. Não conhecia sua família, nem ele conhecia a minha. Nossos pais ignoravam nosso relacionamento, não éramos formalmente namorados, apenas duas pessoas que apreciavam a companhia uma da outra.

Não o vi por uma semana. Quando voltou, era uma pessoa diferente.

— Meu pai foi morto por dois pivetes! Ele não fez nada, absolutamente nada, deu todo o dinheiro que tinha e ainda assim eles o acertaram! Acharam que era pouco. Quem é que paga por móveis com dinheiro hoje em dia? — Ulisses andava de um lado para o outro. Sentada sobre a cama, eu o observava em silêncio. — Foi no final da tarde. Os empregados já tinham saído, mas meu pai continuava na loja cuidando da papelada. Eles bateram na porta, meu pai achou que um dos funcionários tinha esquecido alguma coisa e abriu. Foi um descuido besta. Ele nunca fazia isso, sempre olhava quem era antes de abrir, apesar de ser uma cidade pequena onde todos se conhecem. Eles entraram e pediram o dinheiro, ele entregou tudo o que tinha e ainda levou um tiro. Isso me dá tanto ódio! Meu deus! Eu sempre fui contra a pena de morte, sempre defendi a ideia de que a culpa dos crimes é da sociedade, mas juro que, se tivesse uma chance, daria um tiro na cabeça de cada um. Não! Eu faria com que sofressem muito antes disso! Cortaria seus dedos um a um, depois passaria para o nariz e as orelhas. Só quando eles estivessem quase inconscientes de tanto perder sangue e sentir dor, eu meteria uma bala na cabeça de cada um deles!

Não sabia o que dizer. O que poderia dizer? Nunca havia visto Ulisses tão exaltado. Ele finalmente se sentou ao meu lado, como se desabasse.

— Você não imagina como me sinto! É como se só pudesse ter paz se destruísse a vida desses filhos da puta! Enquanto estava no cemitério, eu imaginava as piores torturas que poderia impingir nesses cretinos! O pior é o estado da minha mãe. Ela é uma mulher forte, mas sempre deixou tudo por conta do meu pai. O que ela vai fazer agora?

Ele apoiou a testa no dorso de uma das mãos e começou a chorar. Um choro impotente e triste. Eu o abracei de forma desajeitada. Ficamos nessa posição por alguns minutos. Ulisses enxugou os olhos e pediu desculpas. Não conversamos muito mais nessa noite.

Nosso sexo foi estranho. Sentia suas mãos me pressionarem com força, havia urgência em seus movimentos. Eu procurava me concentrar em sentir prazer, mas suas mãos me apertavam tanto que isso era difícil. Meus braços doíam. Os olhos de Ulisses estavam fechados e não pude deixar de imaginar que, naquele momento, ele estava em algum lugar torturando os assassinos do pai. Cortando dedos um a um: tec, tec, tec!

O ano chegava ao fim. Era o último semestre de Ulisses. Ele passou a maior parte do tempo entre livros ou escrevendo trabalhos. Eu também estava ocupada preparando o texto final da dissertação, e acabamos nos vendo apenas quando os estudantes em dependência ainda caminhavam aflitos pelo *campus* com livros de cálculo e física debaixo dos braços.

— Apesar de todos esses anos, tenho bem pouco para levar de volta — comentou nessa ocasião.

Ulisses deixava a moradia e voltava para sua casa em uma cidade do interior que eu não conhecia. No próximo ano, sua vaga seria ocupada por um calouro que daria continuidade ao ciclo. Mesmo que não disséssemos nada, sabíamos que aquela era nossa despedida. Ulisses ajudaria a mãe a vender a loja de móveis. Com o dinheiro da venda e o seguro de vida do pai, eles pretendiam se mudar para Minas, onde tinham parentes.

Ulisses sentia culpa e desejava se redimir. Todas as discussões travadas em torno de sua falta de objetivos, dos longos anos na universidade em um curso sem futuro, pesavam sobre seus ombros. Ele precisava provar seu valor ao pai morto.

Pensei em dizer que ele não devia nada a ninguém e que não precisava se sacrificar, mas não tive coragem. Quem era eu para lhe dizer isso?

Ulisses recebeu o diploma em uma cerimônia no ginásio da universidade. Ele não se deu ao trabalho de alugar uma beca ou de vestir um traje especial para a ocasião porque não participaria da festa em um clube local. Havia poucos rostos conhecidos entre os formandos. A maioria de seus colegas de turma, como eu, já havia concluído ou abandonado o curso há algum tempo. Como morava perto do *campus*, eu o acompanhei. Ele não quis que sua mãe se deslocasse até lá para vê-lo receber o diploma das mãos de um paraninfo com ar cansado. Depois da cerimônia, nós nos despedimos com a promessa de comemorarmos aquele feito com um jantar em meu apartamento.

Disse a Ulisses que comemoraríamos sua formatura, mas era mais do que isso. Comprei uma garrafa de vinho e fiz um risoto de cogumelo. Coloquei um vestido e alguma maquiagem no rosto. Ele bateu na porta e me entregou um buquê de flores. Não nos presenteávamos no dia dos namorados, natal ou aniversários, e fiquei surpresa. Também era a primeira vez que me arrumava para nossos encontros, e devo tê-lo surpreendido.

— Você está diferente! — Apesar dessa observação, ele também não usava os chinelos e bermudões habituais. Calçava tênis e vestia uma camisa.

Fui até o armário em busca de um recipiente adequado para colocar as flores. Não tinha um vaso, e elas terminaram em uma jarra de suco que coloquei sobre a mesa.

Ulisses lançou um olhar ao redor como se quisesse guardar tudo em sua memória, então se dirigiu ao aparelho de som e escolheu um CD de Ella Fitzgerald. Abri a garrafa e coloquei o vinho em duas taças compradas especialmente para aquela ocasião. Ficamos bebericando o vinho e mordiscando torradas enquanto ouvíamos música. Nenhum de nós estava com muita vontade de falar. Fiquei observando as rosas brancas à minha frente. Por que ele as teria escolhido? Preferia que houvesse algum toque de cor naquela noite.

— A arte é uma das poucas coisas que fazem a vida valer a pena, não acha? — observou ele, de modo inesperado. Concordei com um aceno de cabeça. — Cantores como Ella Fitzgerald e pintores como Van Gogh me fazem sentir tão pequeno! Sem falar nos livros! Quando leio certas frases, elas parecem tão perfeitas que tenho vontade de arrancar a folha e rasgá-la em vários pedaços. Daria tudo para escrever apenas uma daquelas passagens de Proust. Resolvi estudar Filosofia porque acreditava que ler todos aqueles pensadores me tornaria profundo. Como era bobo! Ganhei alguns concursos literários quando estava no colégio. Naquela época, eu me achava o tal, todo mundo me conhecia, era elogiado pelos professores, mas a gente cresce e descobre que o mundo é grande e que escritorezinhos de província existem aos montes por aí. Cada vez que termino um bom livro, penso que seria incapaz de escrever daquela forma. É tão deprimente!

— Mas você ainda pode escrever tão bem quanto Proust! — Procurava consolá-lo, mas não sabia se realmente acreditava no que dizia, talvez mentisse. — Ele só escreveu *Em busca do tempo perdido* quando era mais velho, depois de quase desistir da literatura, não é verdade?

Ulisses ficou quieto, a mudança em seu estado de espírito desde a morte do pai era imensa. O rapaz despreocupado e arrogante que conheci havia desaparecido.

Não falamos muito durante o jantar. Ulisses elogiou o risoto. Na falta de assunto melhor, procurei explicar seu preparo. Ele ouviu sem muito interesse.

— Mantenha contato!

Procurei dar um tom casual à minha voz quando nos despedimos junto ao portão do prédio. Apesar dessas palavras, sabia que isso não ocorreria.

Ulisses se foi com passos largos, deixando um imenso vazio que se expandiu até envolver o bairro, o *campus* da universidade, as salas de aulas escuras e as frestas entre os livros das bibliotecas.

Era final de 2003. Ambos tínhamos vinte e quatro anos.

Nós só nos reencontramos cinco anos depois, na mesma época em que recebi a resposta do centro de pesquisas de São Paulo dizendo que eu não havia sido contemplada com a bolsa de pós-doutorado. Eles agradeciam a submissão do projeto, no entanto explicavam que ele não se adequava às exigências do programa. Li a mensagem e a apaguei como se ela oferecesse um alongador peniano ou fosse uma daquelas cartas de refugiados políticos que precisavam de ajuda para reaver sua fortuna retida em algum banco da Nigéria.

REENCONTRO

Sabia que não tinha chances de conseguir a bolsa de pós-doutorado, mas receber uma resposta concreta foi um banho de água fria. Decidi visitar meus pais para espairecer.

Apesar de ser uma viagem de pouco mais de uma hora, eu não os via com muita frequência. No primeiro ano após a mudança, ainda os visitava de quinze em quinze dias, mas, aos poucos, as visitas se tornaram cada vez mais espaçadas, a ponto de ir até lá a cada dois ou três meses. Os pequenos elementos cotidianos da vida familiar de que sentia falta no início já não eram reconfortantes, eles chegavam a me irritar. Ouvia meu pai caminhando pelo corredor e gargarejando no banheiro pela manhã enquanto minha mãe preparava o café na cozinha. Tobi latia e arranhava a porta do lado de fora esperando pela comida e algum afago.

— Tobi! Não, sentado, Tobi! — gritava minha mãe ao abrir a porta.

Tudo continuava igual no cotidiano daquela casa.

Meus pais queriam saber quais eram meus planos, afinal, eu estava oficialmente desempregada com o fim do doutorado.

— Por que não volta para cá? Seu quarto está do mesmo jeito que você deixou, não há mais razão para continuar morando perto da universidade e gastar com o aluguel.

Eu e minha mãe limpávamos camarões sentadas na cozinha. Tínhamos uma imensa bacia repleta daqueles crustáceos cheios de olhos e pernas sobre a mesa à nossa frente. Meu pai sempre comprava grandes quantidades daqueles camarões menores, mais baratos, e minha mãe tinha que limpá-los um a um, tarefa que, às vezes, levava quase uma tarde inteira.

— Ainda tenho algum dinheiro guardado, posso pagar mais alguns meses de aluguel. Vou arranjar algo para fazer até lá. Há mais ofertas de emprego em Campinas do que aqui — respondi.

— Vai dar aulas? Com o doutorado, você poderia prestar um concurso e entrar para uma universidade pública. O salário é bom e teria estabilidade...

— Pode ser, mas não é fácil encontrar uma vaga em São Paulo, há muita concorrência. — Era evasiva, mas não mentia, aqueles que conseguiram posições como professores universitários entre meus colegas haviam prestado concurso em outros estados. Sabia que a ideia de me ver muito longe a desagradava e usei isso a meu favor. — Não preciso dar aulas, posso fazer outras coisas — completei.

— Mas não foi para isso que você estudou tanto? — Lúcia havia feito a mesma pergunta.

Como naquela ocasião, também não respondi. Atraquei-me com um camarão e arranquei as patas antes de puxar sua cabeça. Seria complicado dar explicações.

— Um emprego é um emprego, desde que pague o suficiente para me manter, está bom para mim — disse, procurando pôr fim àquele assunto.

— Se é assim, você poderia trabalhar na loja.

Minha mãe tinha uma loja de armarinhos bastante popular na cidade que vendia um pouco de tudo: desde tecidos a produtos de papelaria. Apesar de ter vendedoras para atender no balcão, ela sempre quis que eu a ajudasse com a parte mais burocrática do negócio. Passei boa parte da adolescência no estabelecimento. Conhecia os fornecedores e sabia fazer o controle do caixa, mas não me via trabalhando ao seu lado, tínhamos personalidades distintas e entrávamos facilmente em atrito. Meu pai tinha um escritório de contabilidade e ambos viviam bastante ocupados.

— Estou ficando velha, não tenho mais a energia de antes. Você é jovem e tem mais estudos do que eu. A loja pode ser sua no futuro. Fazendo tudo direito, dá para viver bem. — Não dei uma resposta. — E um namorado? Não está namorando? — perguntou ela, mudando de assunto. — Você nunca nos apresentou a ninguém. Seu pai e eu sempre nos perguntamos se ainda veremos um netinho correndo pela casa...

Gostava de meus pais, mas detestava seus interrogatórios. Meu pai ficava quieto em seu canto, lia o jornal, assistia às partidas de futebol de seu time, sorria e contava piadas quando me via por perto, mas sabia que ele também pensava as mesmas coisas que minha mãe. Eles só dividiam as funções, um deles fazia as perguntas mais delicadas, enquanto o outro observava e intervinha quando a situação ficava tensa. Claro que os dois estavam sempre do mesmo lado. Era por isso que preferia ter meu próprio espaço, um lugar onde não precisasse ouvir questões desagradáveis sobre minha vida, como se eu já não me preocupasse o suficiente com o assunto.

— Você está saindo com alguém? Deveria arrumar um namorado. Lembra da filha da Dona Luzia?

Dona Luzia era uma amiga de minha mãe. Uma mulher corpulenta e sorridente. Sua filha, em compensação, era uma garota magra e alta que não me cumprimentava quando nos cruzávamos na rua. Balancei a cabeça.

— Ela é um pouco mais nova do que você e vai se casar, ela namorou durante cinco anos. Sempre vejo o casal junto, o rapaz é tão bonzinho! Sempre ajuda a Dona Luzia a fazer compras. Você precisa ver! — Pausa para ver minha reação. Eu continuo concentrada nos camarões, finjo que não ouvi nada. — Fico preocupada, vejo essas meninas que moram sozinhas e, vira e mexe, estão saindo com um homem diferente, isso não é bom.

Senti meu rosto ficar quente e respirei fundo.

— Não se preocupe, eu não sou assim — respondi.

Procurei camarões inteiros no meio do monte de cascas e cabeças decepadas.

— Não foi o que eu quis dizer, sei que você não é assim, mas nós não estamos por perto, não sabemos o que está acontecendo, entende?

Ficamos em silêncio, felizmente não havia mais camarões inteiros, e pude fugir para o quintal. Fiz festas na cabeça de Tobi e me sentei na escada em frente à porta, mas logo voltei para dentro da casa porque Tobi insistia em cheirar e lamber minhas mãos devido ao odor de camarão.

Desde que Ulisses partiu, eu havia me enfurnado entre livros e seguia uma rotina de estudos rigorosa, não saía muito à noite, via poucas pessoas, dormia com alguém de vez em quando, mas não era nada que pudesse ser chamado de "relacionamento". Sempre havia estudantes de outros estados que não conheciam ninguém na cidade. Eles vinham assistir a algumas aulas de pós-graduação e depois sumiam para escrever dissertações e teses. Eu os ouvia falar sobre Hegel, Kant ou Heidegger fingindo interesse, bebíamos cerveja, transávamos e não nos víamos mais. Não havia necessidade de ter alguém ao meu lado, a ideia de aprofundar uma relação me parecia cansativa, ou talvez as pessoas com quem me relacionava não despertassem esse desejo.

Escolhia o que vestir, o que comer, o que ler, com quem transar. No cenário sem grandes perspectivas em que me via, essas pequenas liberdades eram um consolo. Quase dois meses depois de ter visto Dona Mariquinha, devia confessar que me sentia muito melhor. Não saberia explicar de que forma, mas estava mais otimista. Ainda era jovem, se nada terrível acontecesse — uma doença fulminante ou um acidente fatal —, ainda teria ao menos mais trinta, quarenta anos de vida pela frente, muita coisa ainda poderia acontecer. Tinha curiosidade em descobrir o que me aguardava mais adiante. Além disso, estava livre de qualquer obrigação. A resposta negativa do centro de pesquisas, de certa forma, foi um alívio.

Desde que exercesse uma atividade que pagasse o suficiente para me manter sem importunar meus pais, a vida seguiria seu curso. Teria um doutorado em Filosofia na gaveta, mas não seria a primeira pessoa a ter um diploma inútil.

Pela primeira vez desde que entrei na universidade, tinha tempo de verdade para a literatura, não precisava mais engolir litros de café para ir de uma página a outra de um livro lido por mero temor de deixar uma informação essencial de lado. Pela primeira vez, as coisas pareciam simples. Nunca havia precisado de muito, não seria agora que isso mudaria. Preencheria cadastros em sites de emprego e enviaria currículos. O resto se resolveria sozinho. *Que sera, sera.*

Caminhava de volta ao meu apartamento com essas ideias na cabeça. Carregava uma bolsa de lona com algumas mudas de roupa e uma grande quantidade de biscoitos dados por minha mãe em um dos ombros. Abria o portão do prédio quando ouvi alguém me chamar. Ao me voltar, vi um rapaz com óculos escuros saindo de um Citroën azul. Ele vestia camiseta, calças *jeans* e tênis. Seus cabelos estavam aparados bem curtos.

— Mila, você não se lembra de mim? — O rapaz fechou a porta do carro, acionou o alarme e veio em minha direção. Só quando estávamos quase frente a frente, eu o reconheci.

— Ulisses! É você mesmo?

Ele sorriu e retirou os óculos escuros. Nós nos abraçamos e olhamos um para o outro de alto a baixo. Um olhar de reconhecimento e inspeção.

— Faz tempo que você está aqui? Que loucura, eu poderia ter me mudado, viajado, sei lá!

— Meia hora. Estava passando por perto e resolvi parar. Ninguém atendeu ao interfone, assim mesmo decidi esperar um pouco. Apostei nos velhos hábitos, você não costuma viajar e, quando visitava seus pais, sempre voltava nos domingos à tarde. Velhos hábitos são difíceis de largar!

Sorri um pouco envergonhada por ser tão previsível. Observava os cabelos curtos de Ulisses. Não havia nem sombra do rapaz cabeludo e despreocupado com a aparência que conheci. Hesitei antes de convidá-lo a subir. Estava tomada por sentimentos ambíguos. Experimentava uma sensação de familiaridade, mas também compreendia que o tempo havia nos transformado em estranhos. Os quase cinco anos que nos separavam desde aquele jantar de despedida pairavam entre nós como uma nebulosa.

Em silêncio, Ulisses varreu o apartamento com os olhos ao entrar. Retirei os *tupperwares* com biscoitos de nata e goiabada da bolsa e os coloquei em uma travessa sobre a mesa. Esquentei a água para o café. Sorríamos um para o outro sem saber o que dizer.

— Devia ter conhecido sua mãe! Ela parece cozinhar muito bem! — disse ele, depois de provar um biscoito.

— Ela acha que estou muito magra e quer me engordar!

— Mas você está com ótima aparência, não mudou nada desde a última vez em que nos vimos!

— Mentiroso! Em compensação, você está muito diferente!

— Devem ser os cabelos, eu não costumava cortá-los com muita frequência.

— Ou penteá-los! — completei. — Seus cabelos estavam sempre desgrenhados pela manhã, como se tivesse acabado de sair da cama.

— Ora, tinha que acordar cedo para assistir às primeiras aulas, dividia o banheiro com mais três rapazes! Você devia me agradecer por escovar os dentes!

Entreguei uma xícara de café para Ulisses e me sentei à sua frente.

— Sempre pesquisava seu nome nos sites de busca da internet. Vi o anúncio da defesa de mestrado. E também soube que você defendeu o doutorado há pouco tempo.

— Eu também fiz isso, pesquisei seu nome inúmeras vezes, na expectativa de ter uma pista sobre sua vida, mas nunca encontrei nada.

— Sinto por ter sumido. — Ele bebeu um pouco de café e suspirou com os olhos voltados para a xícara. — Estava muito mal quando estive aqui pela última vez. Quase não apareci para o jantar aquela noite. Deve ter sido um saco me aguentar! Vim com a intenção de ser agradável, mas acho que não deu muito certo. — Ele fez uma pausa antes de continuar. — Aquele foi um ano difícil. Meu pai morreu, deixei a vida fácil na universidade, deixei a moradia estudantil e a casa na qual cresci. Estava confuso. Só conseguia pensar que precisava ficar do lado da minha mãe. Vendemos a casa e a loja e fomos para o interior de Minas. Moramos com uma de minhas tias até encontrarmos um lugar para nós. Passei parte do ano cuidando dos negócios pendentes do meu pai. Comecei a procurar um emprego. Nossa situação era até confortável, mas o dinheiro não duraria para sempre. Com a minha formação, não tinha muitas opções, enviei currículos para vários lugares e fiquei esperando por algum retorno. Já estava quase desistindo quando fui chamado para uma entrevista em uma empresa de laticínios da região. Nem acreditei quando disseram que me dariam uma chance. Entrei na área de *marketing*, passei pelo período de experiência e fui contratado. A empresa é grande, e meu trabalho consiste em fazer pesquisas de mercado, verificar o que as donas de casa acham do iogurte "X" ou descobrir por que o sabor "Y" não tem muito apelo junto ao consumidor. O trabalho tem seu lado lúdico, mas é puxado, tenho que cumprir horários e prazos. Ajudo minha mãe e guardo o resto do salário para o futuro. Engraçado, não é mesmo? Eu, pensando no futuro!

— Talvez estejamos envelhecendo, eu também penso muito nisso, no futuro.

Peguei mais um biscoito. Minha mãe ficaria contente em ver seus quitutes serem degustados com tanta voracidade. A nebulosa que pairava entre nós se tornava mais rarefeita enquanto conversávamos.

— Há lugares muito bonitos em Minas, sabe? Quando tenho tempo livre, dou voltas pelas montanhas para respirar um pouco de ar fresco. Escolho um hotel qualquer, bem simples, no meio de uma cidade minúscula. Tomo café e saio com o carro, dirijo pelas estradas de terra por horas, estaciono, sigo trilhas que levam até o topo de alguma montanha ou a cachoeiras. É minha forma de relaxar. De vez em quando, viajo para participar de seminários ou cursos da empresa. Foi por isso que vim para estes lados, estava voltando quando decidi visitá-la. Devia ter feito isso antes. — Ele deu outro suspiro. — E você? O que pretende fazer agora que terminou o doutorado?

— Todos têm perguntado a mesma coisa ultimamente! Você sempre soube que eu não fui feita para dar aulas ou seguir carreira acadêmica, não é mesmo? Penso em arrumar um emprego corporativo também. Desde que ele pague o suficiente e permita que eu leia no tempo livre, já estarei feliz. Acho que não daria uma má secretária.

— Secretária? — Ulisses olhou para o alto com ar pensativo. — Hum, que tal se mudar para Minas? Você pode arranjar um emprego por lá e, nos finais de semana, nós poderíamos dar voltas pelas cidadezinhas juntos. O que acha? — perguntou ele, pousando sua mão sobre a minha.

Passamos alguns segundos olhando um para o outro sem dizer nada, deixávamos que sensações antigas retornassem.

As janelas estavam fechadas, e a cortina deixava entrar um pouco de luz no quarto. Estávamos deitados com os corpos nus sobre um edredom estendido sobre o chão. Ulisses tinha que ir embora, mas se demorava. Ele ainda teria que dirigir por várias horas para voltar a Minas. Não queria que ele chegasse muito tarde, mas também não queria que partisse.

— Você está saindo com alguém? — perguntou ele.

— Não. E você? Namorada, noiva, mulher, filhos? — Devia ter feito essas perguntas antes, mas não queria ouvir suas respostas.

— Terminei um namoro há algum tempo. Tínhamos um bom relacionamento, mas eu ficava me perguntando se "bom" era o bastante. Conseguia me ver ao lado dela criando filhos, cuidando de uma família, mas isso seria suficiente? Parecia tão fácil... Mas seria para mim? Não sei se a faria feliz. Acho que meu problema é ter escolhas e ficar paralisado diante delas. Preciso de situações extremas para tomar decisões. Tive que me virar quando meu pai morreu: terminei o curso, mudei de cidade, arranjei um emprego. Se ele ainda estivesse vivo, talvez nada tivesse mudado. É horrível dizer isso, mas essa é a verdade. Agora que tudo se estabilizou, voltei ao meu antigo marasmo, acho que um incidente catastrófico precisa acontecer para me fazer mudar de rumo.

— Você ainda escreve? Continua lendo?

Ulisses desviou o olhar e voltou o rosto para o teto.

— Quase não leio mais. Antes, as histórias tinham um poder enorme sobre mim, eram capazes de me dilacerar, de me fazer rir e chorar. Diziam verdades que, para um adolescente, pareciam irrefutáveis, explicavam todo o universo. Entretanto, à medida que o tempo foi passando, os livros deixaram de me transportar para outros lugares. Para meu desapontamento, descobri que poucos dentre eles me arrebatam ou despertam a sensação de novidade. Hoje, é comum começar vários livros e abandonar a leitura depois de algumas páginas. Ainda procuro alguma coisa que devolva aquela sensação de dilaceramento interno e me faça levantar a cabeça durante a leitura exclamando "é isso mesmo!" ou me comova, mas essas ocasiões se tornam cada vez mais raras, para não dizer inexistentes. Como as pessoas que encontro aqui e ali, todas as histórias começam a se parecer. Mas talvez o problema não sejam os livros. Talvez seja eu. Mas isso deve se repetir com frequência, não é mesmo? Quantos estudantes de humanas não devem entrar na universidade sonhando secretamente em se tornarem escritores, críticos ou poetas? Mas, cedo ou tarde, a ficha cai. Eles descobrem que não têm nada a dizer, nenhuma história a contar, e que o curso escolhido como porta de entrada para a realização de suas veleidades foi um equívoco. Eles descobrem que não têm o talento ou a persistência necessária. Ou que a palavra escrita perdeu a antiga mágica. Não escrevo mais. Isso está morto para mim.

Ele procurava demonstrar indiferença, mas havia desapontamento em sua voz. Suas palavras me entristeceram. Ella Fitzgerald preenchia o silêncio cantando *I love Paris*. Sempre prendia a respiração quando escutava as primeiras estrofes dessa canção. Ulisses continuava deitado de costas e observava o teto com uma das mãos pousada sobre minha coxa. Observava seu corpo, que se oferecia a meus olhos sem resistência, com curiosidade. Ele era o mesmo, mas também outro. Nenhuma célula de sua pele era a mesma. Nenhuma delas tinha lembrança de meu toque.

— Essa canção me faz querer conhecer Paris — comentei ao acaso para mudar de assunto.

— Eu fui para lá há alguns anos, aproveitei minhas férias para conhecer um pouco da Europa.

— O que achou?

— É uma bela cidade, boa comida, muitos cães, um pouco cara. Há gente estranha perambulando pelos pontos turísticos. Não entrei no Louvre, nem em outros museus, passava os dias caminhando, olhando para os prédios, observando as pessoas. Via uma coisa e pensava: "Puxa, a Mila iria adorar isso!", ou, "Ah, se a Mila estivesse aqui, ela saberia como traduzir este cardápio!". Enfim, pensava muito em você. — Ele olhou para mim com um sorriso sem graça. — Recebo várias ofertas de cartões de crédito, às vezes penso em aceitar todas e comprar uma passagem só de ida para Paris. Escolheria um bom hotel, comeria caviar, ostras e beberia champanhe à vontade. Estouraria todos os limites de crédito e, para terminar em grande estilo, acertaria uma bala na cabeça enquanto contemplo a Torre Eiffel iluminada no horizonte. Bangue! — exclamou, fazendo o gesto de uma arma com a mão próximo de sua têmpora. — O que acha?

Ele sorria, mas senti um nó se formar em minha garganta.

— Isso é triste.

— É poético.

— Não vejo nada de poético nisso...

— É só uma daquelas fantasias que cruzam a cabeça da gente de vez em quando, não é sério! — disse, para me tranquilizar.

Já estava escuro quando Ulisses foi embora. Eu o acompanhei até o carro e acenei quando ele se afastou.

LÚCIA

Beber champanhe, comer caviar, iguaria que nunca provei, e ostras em Paris. Sorver goles de café enquanto observo o movimento em uma rua de Saint-Germain-des-Près. Contemplar o Sena de alguma ponte. Essas imagens cruzavam minha mente pela manhã. A Torre Eiffel iluminada e Ulisses dando um tiro na cabeça em um quarto de hotel também surgiam como cenas de um filme *noir*. Por que ele me disse aquilo? Essa imagem não saía de minha cabeça.

Costumávamos passar tardes discutindo as opiniões dos filósofos sobre o suicídio e nossas opiniões a respeito eram parecidas. Acreditávamos que todos deviam ter a liberdade de dispor de sua própria vida desde que isso não prejudicasse outras pessoas. No entanto, nossas discussões eram apenas teóricas. Dizíamos que não hesitaríamos em nos matar se nos víssemos sem saída. Mas o que seria esse "sem saída"? Não ter condições físicas ou mentais para viver com dignidade ou sem sofrimento? No final das contas, éramos duas pessoas sem qualquer experiência de vida. Particularmente, achava incômoda a ideia de me matar e dar trabalho aos outros, afinal, toda morte deixava coisas com as quais alguém teria que se ocupar depois: um corpo, sujeira, dívidas, dor, perguntas sem resposta, com sorte, uma herança.

De qualquer forma, fiquei preocupada com Ulisses. Ele não parecia ter mencionado aquilo em tom de brincadeira. E, se fosse, era uma brincadeira de mau gosto.

Ainda sentia sua presença no apartamento. Alguns biscoitos passaram a noite na travessa. Fiz café, sentei-me à mesa e mordi um, estava mole, mas comi todos assim mesmo. Procurava recordar os sonhos da noite, havia sonhado, mas não me lembrava de nada que fizesse sentido. Nos últimos meses, costumava despertar após um sonho que se repetia com frequência, ele não era sempre igual, mas o elemento principal era sempre uma variação do mesmo tema: devia pegar um ônibus para ir a algum lugar e estava quase chegando ao ponto quando o via passar. Ou, então, estava em um ponto, e o ônibus que esperava nunca vinha. Era sempre noite, e ficava angustiada por não saber como chegar a meu destino. Despertava com uma sensação desagradável nessas ocasiões.

Havia algo errado comigo e com Ulisses. Quem nos examinasse por fora não veria defeito algum, mas, se nos chacoalhasse, ouviria o barulho de alguma peça solta em nosso interior.

Respirei fundo, deixei as lembranças da tarde anterior se repetirem em minha mente enquanto executava as tarefas do dia. Espanei os móveis, abri as janelas para arejar o apartamento que permaneceu fechado no final de semana, passei um pano no chão e organizei as pilhas de livros. Fui até o mercado para comprar comida.

Depois do almoço, comecei a ler *No caminho de Swan*, o primeiro volume de *Em busca do tempo perdido* de Proust, em francês. Ler no original me ajudaria a aumentar o vocabulário nessa língua. Ter reencontrado Ulisses, com certeza, incentivou minha escolha. Proust foi um de seus autores preferidos. Ele estava na pilha de "livros a serem lidos após o doutorado", que havia adquirido proporções monstruosas. Para dizer a verdade, tentei ler *monsieur* Proust logo nos primeiros anos da faculdade, mas ele me cansou, e eu o abandonei. Talvez realmente exista algo como uma época certa para lermos um autor, pois, dessa vez, comecei e só parei quando ouvi o celular tocar.

Era Lúcia. Ela perguntou se poderia passar pelo apartamento depois que saísse do trabalho. Disse que sim e a convidei para o jantar. Fiquei pensando no que poderia preparar. Olhei para a geladeira e decidi fazer uma daquelas tortas de pão de forma recheadas com salpicão. Era mais um lanche do que comida de verdade, mas Lúcia não tinha frescuras e sempre comia o que eu preparava com gosto.

Coloquei um peito de frango para cozinhar e voltei ao livro. Esperei a carne esfriar e depois a desfiei. Fiz o salpicão com maionese, cenoura ralada e azeitonas. Montei minha torta-sanduíche intercalando fatias de pão de forma, a mistura de frango e batata palha. Isso levou menos de uma hora. Retomei a leitura em seguida.

Ulisses tinha razão, Proust era um grande escritor. Também daria um braço e uma perna para escrever uma daquelas frases que faziam lágrimas virem aos olhos de tão bonitas. Suas descrições de personagens eram perfeitas, elas surgiam diante de meus olhos com clareza.

Lúcia chegou com uma caixa de suco de laranja gelada e algumas bombas de chocolate. Como sempre, ela estava vestida de forma impecável: calças de alfaiataria e blusa branca. Sapatos e bolsa combinando.

— As estradas estão cada vez mais cheias nos finais de tarde. O pessoal sai do trabalho como as crianças deixam a escola, é uma debandada geral! — Ela me viu escorrer algumas folhas de alface e tomates. — Você precisa de ajuda?

— Já está tudo pronto, estou só finalizando a salada. Sente-se aí. Quer um copo?

— Pode deixar que eu pego, aceita um pouco de suco?

Antes que eu respondesse, ela retirou dois copos do armário.

— Fui ver a Dona Mariquinha — comentei, enquanto fatiava um tomate.

— Verdade? Pensei que você não tivesse gostado da ideia. O que achou?

— Foi uma experiência interessante, mas é difícil dizer se teve algum efeito, às vezes tenho a impressão de que sim, mas depois fico me perguntando se não joguei dinheiro fora...

— Fé é a alma do negócio, Mila!

Lúcia riu e jogou os cabelos para trás, ela sempre repetia esse gesto quando estava descontraída. No entanto, seu rosto maquiado revelava cansaço. A empresa na qual trabalhava ficava do outro lado da cidade. Ela não costumava me visitar no meio da semana.

— Acho que você precisa passar alguns dias longe daqui, respirar um pouco de ar puro. Não seria bom? Foi para falar sobre isso que vim.

— Tem algum lugar em mente? Até que não seria má ideia, mas não tenho dinheiro para gastar agora...

— Que tal ir ao sul de Minas? Meu tio tem uma casa em Morro das Araucárias, ninguém mora lá, só um casal que cuida da propriedade. Ele sempre diz que ela está à minha disposição. Vou tirar alguns dias de folga e queria descansar de verdade, pelo menos por uma semana. Não pretendo passar o dia inteiro sozinha no apartamento enquanto o Luís está trabalhando. Não sou como você. Não consigo ler ou ouvir música por horas. — Ela sorriu e ignorou minha expressão de desagrado diante desse comentário. — Também não quero ir para muito longe, posso ter que voltar antes, se a empresa precisar de mim. E não se preocupe com nada! Levamos alguns mantimentos e preparamos nossas próprias refeições, você sabe cozinhar e eu sei descascar, fatiar e lavar. Será divertido! Ar fresco, o friozinho da Serra da Mantiqueira, o que acha?

— É tentador, mas eu preciso começar a procurar um emprego.

Lembrei-me de súbito da resolução da tarde anterior. Em vez de preparar um currículo, havia passado o dia na companhia de Proust.

— Mila, é só uma semana! Você nunca teve um trabalho com horário fixo, não é mesmo? Se conseguir um emprego que exija que entre às oito e saia às cinco, garanto que não terá férias, nem tempo, tão cedo!

— Hum, talvez um pouco de ar fresco ajude a arejar minhas ideias...

— Tenho certeza de que não fará mal algum!

Enquanto comíamos, mencionei a entrevista em São Paulo e a visita a meus pais. Entretanto, não falei sobre Ulisses.

Lúcia e eu tínhamos a mesma idade. Nós nos conhecemos em um curso sobre Fernando Pessoa em meu primeiro ano de mestrado. Quando soube que um professor daria o curso sobre o poeta português, fui até o Instituto de Letras correndo e pedi que ele me deixasse assistir às aulas como ouvinte, ou seja, informalmente, sem a necessidade de matrícula.

Fernando Pessoa era meu poeta favorito. As aulas eram ministradas às sextas à tarde, horário evitado pela maioria dos estudantes, que preferia voltar mais cedo para casa, por isso não havia muita gente.

Lúcia apareceu na segunda aula. Lembro-me de que chegou atrasada. Quando a vi, achei que a conhecia de algum lugar, experimentei uma sensação de familiaridade cuja origem não consegui identificar.

Na terceira aula, cheguei mais cedo e me sentei em uma cadeira no meio da sala. Lia uma das apostilas que havia comprado quando Lúcia entrou. Ela me cumprimentou e se sentou em uma cadeira próxima. Estava distraída com o texto quando ouvi sua voz:

— Desculpe, eu faltei na primeira aula e queria saber se perdi alguma coisa.

— Não, o professor falou que quem quisesse poderia comprar esta apostila no xerox, mas é só um texto auxiliar.

— Posso dar uma olhada?

Fechei a apostila e a estendi em sua direção. Ela a pegou e folheou algumas páginas antes de devolvê-la.

— Obrigada, vou passar no xerox depois da aula.

Ficamos em silêncio por alguns segundos, mas, como já havíamos estabelecido contato, o silêncio parecia incômodo.

— Você faz Letras? — perguntou ela.

— Não. Estou no mestrado. Filosofia.

— Você já está na pós?

— Entrei este ano.

— Você parece tão nova!

As pessoas costumavam dizer que eu aparentava ter menos idade, estava habituada a ouvir esse comentário, apesar de achar que ele não era verdadeiro, e me limitei a sorrir. Lúcia estava no último ano de Economia, e foi minha vez de ficar surpresa. Era raro alguém daquela área frequentar os cursos de Letras. Como eu, ela também gostava de Fernando Pessoa e assistia ao curso como ouvinte. Ela morava em uma república feminina no centro de Campinas.

Quando ouvi seu nome, a impressão de familiaridade se tornou ainda maior, mas ainda não conseguia identificar sua origem. Acabamos nos aproximando depois desse primeiro contato, e, quando ela se atrasava ou precisava faltar, eu a inteirava sobre o que havia perdido. Ao final do semestre, havíamos estabelecido uma relação de amizade. Lúcia era espontânea e sem afetações, eu apreciava essas qualidades em uma pessoa. Às vezes, ela passava em meu apartamento depois das aulas para bater um papo, e almoçávamos juntas.

Mais tarde, concluí que Lúcia me lembrava de outra Lúcia. Uma amiga de pré-escola que recuperei dos confins da memória.

A pré-escola, como o próprio nome indica, não é o período em que as crianças são alfabetizadas, mas no qual elas aprendem a ficar sentadas junto com outras crianças, a formar filas, a responder à chamada, enfim, são disciplinadas para o bom convívio em sociedade.

Lembro que nossas principais atividades consistiam em desenhar casas, árvores e pessoas com as mais variadas cores e formatos; modelar bolas e animais em massinha; pular com um pé ou outro dentro de círculos e quadrados; fazer riscos retos e curvos; bem como correr seguindo linhas igualmente retas e curvas. Afinal, o desenvolvimento das faculdades motoras também é importante nessa tenra fase de nossas vidas.

Tinha seis anos. Entrei na pré-escola uma semana depois que as aulas começaram porque adoeci pouco antes. Quando cheguei, os alunos já tinham seus lugares definidos e estavam todos divididos em grupos de quatro ao redor de pequenas mesas. Eu era a *outsider* e fui colocada em uma mesa junto com outras três meninas que me olharam de forma hostil. Sei que parece exagero dizer que crianças possam olhar para outras de forma hostil, mas foi como me senti. Era como se elas dissessem: "Quem ela pensa que é para vir se sentar conosco?".

E não foi só isso. As três garotas ridicularizavam a maneira como eu dizia "presente" na hora da chamada, a forma como segurava o lápis e até minhas roupas. A professora percebeu que as coisas não iam bem em nossa pequena mesa e se desdobrava em cuidados comigo, o que irritava ainda mais as minhas companheiras. Para meu alívio, elas logo se esqueceram de mim e concentraram os ataques em outro alvo, uma nova aluna.

Era Lúcia. Sua mãe a deixou na sala de aula, e bastou a porta se fechar para que ela começasse a chorar e não parasse mais. A professora não sabia o que fazer para acalmá-la. A aula toda foi pontuada por seus soluços. No dia seguinte, a cena se repetiu, e a mãe precisou ficar do lado de fora da sala para mantê-la calma. Lúcia ia até a porta, verificava se a mãe estava por perto e voltava a se sentar com ar ressabiado. Minhas colegas olhavam para aquilo e faziam comentários maldosos: "Olha que boba!", ou, "Que chorona!", e davam risadinhas. Eu sentia pena daquela menina.

No terceiro dia, a mãe não pôde ficar na escola, e, quando Lúcia se deu conta de sua ausência, voltou a chorar. Não sei o que levou nossa professora a me colocar ao seu lado nesse dia, mas, depois que nos sentamos juntas, ela não chorou mais.

É difícil explicar, acho que simpatizamos uma com a outra imediatamente. Quando seus olhos começavam a ficar marejados, eu procurava distraí-la mostrando um desenho ou fazendo garatujas sobre pedaços de papel. Ela precisava apenas de uma distração, algo que fizesse com que se esquecesse da ausência da mãe. A professora ficou muito feliz com o arranjo e por ter resolvido uma dor de cabeça. As únicas que não ficaram nada contentes foram minhas antigas companheiras de mesa, que olhavam para nós duas com desprezo. Especialmente a mim, que as havia abandonado. Nunca entendi direito como funciona a psicologia infantil, mas foi o que ocorreu.

Lúcia e eu nos tornamos inseparáveis, brincávamos e lanchávamos juntas. Ela era uma garota doce e impressionável que ouvia as histórias absurdas que eu inventava com os grandes olhos castanhos grudados em meu rosto. Nós nos sentávamos nos bancos de concreto com as lancheiras abertas no colo durante os intervalos e voltávamos para nossa mesa quando o sinal tocava.

Depois de três meses, minha amiga repentinamente deixou de frequentar a pré-escola. Esperei que ela retornasse durante algumas semanas e, mesmo quando a professora informou que sua família havia se mudado, ainda esperava encontrá-la sentada em nossa mesa quando entrava na sala de aula. Mas não tive tempo de ficar triste, porque, pouco depois, minha família também se mudou.

— Acho que sempre seremos cruéis. Não que sintamos prazer em fazer mal aos outros, mas faz parte de nossas imperfeições, não acha? Magoamos mesmo quando não temos intenção, sem nos darmos conta, é impossível prever todas as consequências do que fazemos ou falamos para alguém o tempo todo — comentei ao acaso.

Não me lembro do que deu ensejo a essa conversa. Acho que Lúcia e eu falávamos sobre nossas infâncias. Ela folheava alguns livros que havia retirado de uma de minhas pilhas. Às vezes, ela tomava alguns emprestados e os devolvia após duas ou três semanas, mesmo que não os tivesse lido. Era seu último semestre de Economia, e ela estava ocupada com o trabalho de conclusão de curso.

— Talvez você esteja certa. Mas, em certo sentido, todos fomos pequenos monstros. Não intencionalmente, mas sim, fazíamos as outras crianças chorarem, excluíamos aquelas de que não gostávamos e dizíamos o que nos vinha à cabeça. Apesar disso, talvez fôssemos melhores naquela época. Ao menos não mordíamos a língua cada vez que tínhamos vontade de dizer o que pensávamos. Éramos autênticos, não acha?

Balancei a cabeça. Lembrei-me de minhas brigas de infância. Das inúmeras vezes em que outras crianças me fizeram chorar. Também me lembrei da primeira Lúcia e das meninas que nos ridicularizavam. Contei-lhe essa história e mencionei a coincidência dos nomes.

Lúcia ficou em silêncio durante alguns minutos e me observou com uma expressão estranha. Ela perguntou qual era o nome da cidade onde estudei e pediu mais algumas precisões sobre a escola.

— Não acredito, era você, Mila?

Sua expressão de surpresa só não era maior do que a minha. A primeira e a segunda Lúcia eram, de fato, a mesma pessoa!

Suas lembranças eram mais vagas do que as minhas, mas ela se recordava das brincadeiras que costumávamos inventar nos intervalos. Passamos vários minutos vasculhando nossas memórias em busca de detalhes e pontos em comum. Não havia muitos. Nossas lembranças eram fugazes, como vaga-lumes, elas surgiam e, quando tentávamos capturá-las, elas já não estavam mais no mesmo lugar.

Ainda me pergunto por que eu guardei seu nome enquanto ela se esqueceu do meu. E por que aquele episódio tinha mais significado para mim do que para ela. A resposta mais lógica era que, como tudo na vida, experiências e relacionamentos tinham valores diferentes para cada uma das partes que os vivia. Os pesos da balança dificilmente coincidiam. Essa constatação não deixava de ser desapontadora. Assim mesmo, festejei o fato de nossos caminhos terem se cruzado outra vez depois de tanto tempo.

Alguns dias depois disso, Lúcia passou a noite em meu apartamento. Ela foi a uma festa no *campus* e não tinha como voltar para a república na qual morava devido ao horário do ônibus. Não gostava de festas, então não a acompanhei. Deixei o colchonete estendido no chão, ao lado da minha cama, e fui dormir. Ela chegou de madrugada, um pouco bêbada. Abri a porta, sonolenta, e esperei que ela lavasse o rosto e vestisse o pijama.

Apesar do sono, ainda ficamos conversando um pouco. Estava deitada de lado sobre a cama e, na semiobscuridade, via Lúcia deitada com o rosto voltado para cima.

— Por que você parou de ir à escola de repente, sem dizer nada?

Obviamente eu me referia à época da pré-escola. A pergunta foi tão espontânea que não me pareceu fora de contexto. No entanto, não precisei dar maiores explicações, Lúcia compreendeu de que se tratava.

— Meus pais se separaram, e fui morar na casa dos meus avós com minha mãe.

Fiquei esperando que ela continuasse, mas deduzi que talvez ela quisesse dormir e não fiz mais perguntas. Esperava que o sono voltasse quando ouvi sua voz.

— Achei que tinha sido minha culpa por muitos anos.

— O quê? A separação? Como pôde pensar uma coisa dessas?

Lúcia ficou em silêncio outra vez, depois continuou:

— Eu adorava meu pai. Ele me levava para passear, comprava tudo o que eu pedia e era muito divertido. Um dia, ele disse que tinha inventado uma brincadeira nova, colocou o pênis para fora e pediu que eu o tocasse. Isso passou a se repetir sempre que minha mãe não estava por perto. Ele fazia outras coisas também, mas não chegou a me machucar ou a forçar nada... Como eu era burra! — Lúcia suspirou. — Minha mãe acabou descobrindo o que ele fazia e se separou dele. Acho que ela nunca contou nada para ninguém. Também nunca conversamos sobre isso. Foi um choque, sabe? Era como se tivesse feito uma coisa muito errada e suja. No começo, tinha raiva da minha mãe por ter deixado meu pai. Era tudo muito confuso na minha cabeça... Depois que entendi melhor as coisas, passei a ter nojo do meu pai e fiquei grata por minha mãe ter se separado dele. Sinto calafrios quando imagino o que poderia ter acontecido se ela não tivesse feito isso. Nunca mais o vi, nem quero ver. Ainda hoje sinto muita vergonha. Como pude ter sido tão idiota?

— Mas você era criança, Lúcia! Como podia entender?

— Eu sei. Mas é horrível. Quando minha mãe olha para mim, fico me perguntando se ela está pensando no que aconteceu naquela época.

Não sabia o que dizer e permaneci quieta com os olhos voltados para o teto. Não fiz perguntas e fiquei pensando em como as pessoas guardavam histórias dentro de si das quais não tínhamos a menor ideia. Estava imersa em meus pensamentos quando Lúcia voltou a falar:

— Por que será que aquelas meninas eram tão maldosas conosco? Era criança, mas também percebia que elas não gostavam da gente. — Ela se referia às nossas coleguinhas de pré-escola.

— Rousseau, o pensador que estudo, diz que a compaixão é um sentimento inato do ser humano, mas ele está errado. Acho que a crueldade é natural, não a compaixão. As crianças maltratam e ridicularizam os colegas, elas percebem rápido quem é diferente. Compaixão se aprende, como todo o resto.

Lúcia não fez qualquer comentário e a conversa morreu aí. Provavelmente nós duas continuamos despertas por algum tempo antes de adormecermos.

Lúcia começou a namorar Luís, um colega da Economia, no final desse mesmo ano. Os dois se formaram, conseguiram estágios em multinacionais e foram morar juntos. Eu já estava com Ulisses na época. Lúcia o viu algumas vezes, mas foram encontros breves, e os dois só trocaram algumas palavras nessas ocasiões. Fui apresentada a Luís, que me pareceu bastante simpático, mas também pouco conversamos. Não falávamos muito sobre nossos relacionamentos, nossa amizade era algo à parte deles.

Lúcia foi efetivada na empresa, financiou um carro e começou a pagar as prestações de um apartamento junto com Luís. Casamento e filhos estavam em seus planos. Sentia uma ponta de inveja, é verdade, mas não me via em seu lugar. Vivia feliz entre livros. Em meio a ficções. A realidade tinha uma tendência a nos dar tapas na cara.

MORRO DAS ARAUCÁRIAS

Viajaríamos dentro de duas semanas. Até lá, continuei seguindo minha rotina de afazeres domésticos e leitura. Já havia terminado o primeiro volume da obra de Proust e começava *À sombra das raparigas em flor*. Conheci Albertine, a grande paixão do narrador-protagonista, deixei a paisagem bucólica de Combray e cheguei ao hotel de Balbec à beira-mar. Gostava cada vez mais de Proust. Desejava que Ulisses estivesse por perto para ler alguns trechos em voz alta, talvez os mesmos que ele recitava enquanto caminhávamos pelo *campus* e para os quais não dava tanta importância na época.

Dizia a mim mesma que deveria estar procurando um emprego e não lendo, mas ainda não havia juntado ânimo suficiente para me lançar nessa empreitada. A resolução que havia tomado e parecia tão clara na minha cabeça minutos antes de reencontrar Ulisses naquele domingo à tarde havia estourado como uma bolha de sabão. Deveria seguir seu exemplo e entrar na linha, mas, quando pensava nas entrevistas e nas perguntas que teria que responder — "Onde você se vê daqui a cinco anos?" ou "Mencione suas maiores qualidades e defeitos" —, sentia meu verme interior se contorcer. Sabia que bastaria dar respostas coerentes, mesmo que não acreditasse em nenhuma palavra do que dissesse, mas achava horrível que grande parte da existência dependesse de mentiras desse tipo.

Pouco antes do dia combinado, Lúcia ligou para informar o horário em que viria me buscar. Fomos comprar víveres antes de nos dirigirmos a Minas. O supermercado estava vazio, pouca gente fazia compras no domingo de manhã, a maioria das pessoas preferia quitar suas dívidas com o travesseiro nos finais de semana. Gostava dos supermercados vazios. Dos longos corredores iluminados pelas lâmpadas fluorescentes que podiam ser percorridos sem dificuldade enquanto empurrávamos o carrinho.

Lúcia estava relaxada, sem o uniforme de executiva. Calçava tênis e vestia calças *jeans* como eu. Enchemos o carrinho com algumas caixas de leite, café, açúcar, pacotes de macarrão, latas de molho de tomate, creme de leite, arroz, pão, frutas, legumes e algumas garrafas de vinho. Compraríamos o restante em Morro das Araucárias.

— A esposa do caseiro faz geleias deliciosas, sempre comíamos geleias quando passávamos alguns dias por lá quando era mais nova. Foram poucas vezes, mas tenho boas lembranças. A única coisa incômoda são as andorinhas. Elas constroem os ninhos entre o telhado e o forro do teto. A casa é um tipo de chalé de madeira e elas fazem um pouco de barulho durante a noite.

— Achava que os pássaros enfiassem a cabeça debaixo das asas e morressem para o mundo enquanto dormiam.

— Eu também! No começo, pensei que fossem morcegos, mas me disseram que eram andorinhas. Há muitas voando de um lado para o outro durante o dia.

— Talvez elas tenham pesadelos.

— Pesadelos? As andorinhas? — Lúcia voltou o rosto para mim com a testa franzida.

— Ora, por que não? Os cães sonham, não sonham? Eles ficam mexendo as patas e até dão alguns grunhidos. Talvez as andorinhas sonhem que estão sendo perseguidas por um gato ou falcão, por exemplo, e por isso se mexam tanto.

— Nunca ouvi dizer que os pássaros tenham pesadelos.

— Mas pode ser que eles tenham, não é mesmo?

Lúcia meneou a cabeça, indicando que não iria se dar ao trabalho de argumentar, e ligou o som do carro. Ouvi Mick Jagger cantar *Satisfaction*.

— O Luís gosta dos *Rolling Stones*. Se você quiser ouvir outra coisa ou botar no rádio, fique à vontade.

— Pode deixar, também gosto dos *Stones*.

Na verdade, preferia os *Beatles,* mas eles não me desagradavam de todo.

O dia estava bonito e não havia ameaça de chuva, o que era ótimo, pois pegaríamos um trecho de estrada de terra em aclive.

Entramos na Fernão Dias e cruzamos a divisa entre São Paulo e Minas Gerais ainda ao som dos *Stones*. Não havia muitas casas ou cidades ao longo do trajeto, apenas alguns postos de combustível, mesmo o policiamento era raro.

Entramos em uma pequena cidade às margens da rodovia. Atravessamos ruas de paralelepípedo, passamos na frente de uma igreja, de algumas casas coloridas e chegamos à estrada de terra que conduzia a Morro das Araucárias. Havia muitos buracos, e Lúcia precisava desviar dos maiores com frequência.

Cruzávamos com os carros que faziam o trajeto contrário enquanto subíamos ziguezagueando entre os morros. A maioria dos turistas chegava na sexta e voltava no domingo. A população do lugar se reduzia durante a semana.

"Morro das Araucárias, ou a 'Suíça' brasileira, é uma pequena cidade incrustada na Serra da Mantiqueira, muito visitada no inverno devido ao clima frio que convida a degustar *fondue* e a apreciar uma taça de vinho diante de uma lareira. Suas charmosas pousadas são ideais para viver momentos românticos."

Havia lido esse texto em um guia de viagens. A cidade em si era bem pequena, o centro, se é que ele poderia ser chamado de centro, era uma rua na qual alguns restaurantes e lojas se amontoavam em construções que imitavam a arquitetura europeia. Lúcia estacionou perto de um estabelecimento que vendia queijos, frios e doces mineiros. Depois de três horas dentro do carro, descemos e demos uma espichada em nossos corpos. Lúcia esticou os braços e virou o pescoço de um lado para outro. Depois do alongamento, entramos e compramos queijo branco, manteiga e algumas guloseimas para a semana.

Voltamos ao carro e colocamos as sacolas de plástico junto com as compras feitas no supermercado. Saímos da rua principal, entramos em uma ruazinha de terra e começamos a subir, subir e subir. Pousadas e grandes casas com gramados bem cuidados se enfileiravam atrás das moitas de hortênsias ao longo do caminho. A maioria das casas era ocupada apenas nas férias ou nos finais de semana e permanecia fechada a maior parte do tempo.

Paramos na frente de um portão de madeira. Desci e abri a trava de metal que o fechava. Lúcia entrou com o carro, e eu o fechei outra vez. Da rua, quase não era possível ver o chalé que se erguia no meio do terreno por causa das hortênsias. Ele não era muito grande comparado com as casas da vizinhança. A madeira apresentava sinais de desgaste, o verniz começava a empalidecer e a descascar em alguns pontos. Uma mulher de cerca de setenta anos veio em nossa direção. Ela devia morar na pequena casa de alvenaria que via nos fundos. Seus cabelos brancos estavam presos em um coque no alto da cabeça. Ela era magra, pequena, e seu rosto tinha algumas manchas provocadas pela exposição ao sol.

Ela enxugou as mãos no avental azul que envolvia sua cintura delgada e nos cumprimentou com um abraço. Primeiro Lúcia, então eu. Seu nome era Vera. Depois de um breve diálogo sobre o tempo e a viagem, fomos conduzidas ao chalé.

— Abri as janelas ontem para deixar o ar entrar e troquei a roupa de cama. Está tudo em ordem, viu? Se precisarem de algo, é só bater lá na nossa porta. — Dona Vera apontou para a casa dos fundos e se afastou em seguida.

Embora as janelas tivessem ficado abertas no dia anterior, o chalé ainda parecia ter permanecido fechado por meses. Seu interior exalava um leve odor de mofo e óleo de carnaúba. A maioria dos móveis da sala era escura, feita de madeira maciça. Uma pilha de lenha estava amontoada ao lado da lareira que ocupava uma das paredes da sala.

O sofá e as poltronas revestidos com um tecido creme eram os móveis mais claros do cômodo. Uma grande cristaleira se erguia perto das janelas. Eu me aproximei para espiar o que havia em seu interior e fui surpreendida por inúmeras pedras colocadas uma ao lado da outra. Eram pedras comuns, arredondadas, pontudas, lisas, ásperas, mais claras ou escuras, em suma, pedras ordinárias de diferentes tamanhos e formas. Na frente de cada uma delas, grudado na madeira com fita adesiva, havia um pedaço de papel com nomes de lugares e datas escritos à mão. Li alguns deles: "Machu Picchu — 1994", "Serra da Bocaina — 1999", "Yosemite — 2002".

Lúcia percebeu minha curiosidade e se aproximou.

— Essas são as pedras que meu tio traz quando viaja. — Ela notou meu ar interrogativo. — Ele gosta de montanhismo, de acampar, fazer caminhadas, esse tipo de coisa. Gosta do contato com a natureza. Na volta dessas viagens, ele sempre traz uma pedra de lembrança — explicou.

— Seu tio não deveria ficar apanhando pedras por aí a torto e a direito, se todo mundo fizer isso, não haverá pedra que baste! Machu Picchu, por exemplo, iria sumir!

— Cada um tem suas manias — comentou ela e deu de ombros.

Retiramos as coisas do carro. A poeira da estrada formava uma fina película que revestia toda a superfície da lataria, e procurávamos não a tocar para não sujar as roupas. Levamos as compras até a cozinha, ligamos a geladeira e colocamos os alimentos perecíveis em seu interior. Ao menos a cozinha era clara, os azulejos das paredes eram brancos, e, ao contrário da sala, o chão era revestido por um piso cerâmico e não por tacos. Ao terminar de guardar os mantimentos, abri os armários e chequei os utensílios disponíveis para cozinhar. Havia panelas, pratos, copos e talheres. Não sentiria falta de nada.

Subimos as escadas e fomos até os quartos. Eram dois, ambos confortáveis, com colchas e roupas de cama recém-

-lavadas por dona Vera. Lúcia ficou com o quarto com a cama de casal, e eu fiquei com o outro, no qual havia dois beliches. Passaríamos a semana juntas, um pouco de privacidade não faria mal. Não precisávamos ficar grudadas uma na outra como duas adolescentes.

Sentei-me em uma das camas e passei algum tempo ali para me habituar ao espaço que ocuparia pelos próximos dias. As paredes de madeira escura eram uma novidade para mim, estava acostumada com paredes claras e as estranhava. Além dos beliches, havia um grande guarda-roupa e uma escrivaninha perto da janela. Afastei as cortinas e abri a janela para deixar o ar fresco entrar. Ela dava para o jardim da frente. Não havia muitas flores, apenas algumas roseiras que cresciam sem poda, quase abandonadas. As moitas de hortênsia obstruíam a visão da rua mesmo ali de cima.

Abri a bolsa de viagem, retirei as roupas e as coloquei dentro das gavetas e nos cabides do guarda-roupa. Havia trazido apenas calças e agasalhos confortáveis. Ainda não era inverno, mas Lúcia disse que sempre fazia mais frio pela manhã e à noite na cidade. E era verdade, logo ao descer do carro já pude sentir algo diferente no ar, uma espécie de brisa mais fresca que acariciava a pele. O sol havia cruzado o meridiano e se inclinava ligeiramente a oeste.

Desci as escadas e me dirigi à cozinha, ainda não havíamos almoçado, e meu estômago clamava por comida. Esquentei um pouco de água para preparar um prato de massa. Refoguei um pouco de cebola e alho com uma porção generosa de manteiga local e adicionei creme de leite. Fiz minha versão de "molho Alfredo". Escorria o talharim quando Lúcia entrou na cozinha. Ela se aproximou e me observou terminar de preparar a comida. Misturei o molho com a massa e distribuí tudo nos pratos que retirei do armário. Abri um pacote de queijo ralado e o polvilhei sobre cada uma das porções. Nós nos sentamos e comemos com apetite. Completamos a refeição com um pedaço de queijo branco e doce de leite. Nada mal para a nossa primeira refeição naquele lugar.

Lúcia lavou a louça, e eu fui dar uma volta pelo terreno. Ele era grande, o chalé estava erguido na parte mais alta, a casa de Dona Vera ficava nos fundos. Ao seu lado, havia um canteiro de ervas no qual pude distinguir capim-cidreira, hortelã e boldo. Além das roseiras na frente da casa, apenas algumas poucas árvores frutíferas interrompiam a extensão do gramado bem aparado.

Sem televisão ou internet, não havia muito o que fazer no chalé. Eu poderia me estender no sofá e continuar meu Proust, mas isso excluiria Lúcia, e achei melhor manter o livro no quarto. Decidimos dar uma volta pela cidade para nos distrair.

Saímos de carro mais uma vez. Estacionamos na frente de uma pequena igreja no começo da rua principal e seguimos a pé pela calçada. As lojas estavam fechadas, os turistas de final de semana já haviam partido. Nós nos detínhamos diante das vitrines para ver roupas, peças de cerâmica e artesanato. Os produtos oferecidos eram muito semelhantes em todas elas. Também conferimos os cardápios de alguns restaurantes. Eles ficavam à vista dos passantes logo na entrada dos estabelecimentos. Fomos de uma ponta a outra da rua e, na volta, paramos em um café. Nós nos sentamos em uma mesa ao ar livre e pedimos dois espressos. Uma das mesas era ocupada por um casal idoso. A mulher e o homem bebiam seus cafés em silêncio, mal olhando um para o outro.

— Fazia tempo que não parava para descansar. Adoro meu trabalho, mas às vezes acho que minha vida se resume a ele. Essa ideia chega a me assustar — comentou Lúcia.

— Mas deve ser assim para todo mundo, não é mesmo? Quer dizer, com exceção de pessoas como eu.

— Você preserva sua liberdade, estuda, lê, procura aprender coisas novas, acho admirável. Talvez não possa passar a vida inteira fazendo isso, já que essas coisas não dão dinheiro, e ninguém vive de brisa, mas, se fosse possível, não seria nada mau, certo? No meu caso, mesmo que ganhasse muito dinheiro, o suficiente para não precisar mais de um emprego, a primeira coisa que faria seria abrir meu próprio negócio, o que não pode ser chamado de "relaxar", não é mesmo? Sou a formiga daquela fábula!

— Isso me transforma na cigarra — disse, com ironia.

Nossas xícaras foram trazidas e colocadas sobre a mesa. Lúcia misturou o café com uma pequena colher para dissolver o açúcar. Eu bebi o meu puro. Ele estava forte. Não conversamos muito. Deixávamo-nos envolver pela tranquilidade do ambiente. A tarde caía, o casal idoso se levantou ainda sem trocar uma palavra e saiu caminhando devagar. Terminamos nossos cafés e voltamos para o carro estacionado no final da rua. Esfriava, e procurávamos nos aquecer cruzando os braços e andando depressa. O sol desaparecia entre os morros e tingia tudo com uma luz avermelhada. A rua parecia ainda mais deserta naquela cor.

Poucos minutos depois de entrarmos no chalé, ouvimos Dona Vera dar leves batidas na porta. Ela não quis entrar, apesar de nossa insistência.

— Fiz geleia de tangerina e trouxe um pouco para vocês. Fica muito bom com o pãozinho na hora do café.

Ela depositou o pote de vidro com a geleia dourada nas mãos de Lúcia. Agradecemos e Dona Vera se despediu com um sorriso tímido.

Lúcia subiu as escadas para tomar banho. Ouvia seus passos no andar de cima. Deixei tudo pronto para o jantar e também fui tomar banho. Abrimos uma garrafa de vinho, jantamos, acendemos a lareira, por diversão e também porque a noite estava fria, e ficamos conversando até sentirmos sono, o que não demorou muito, pois o vinho logo tornou nossas pálpebras pesadas.

Sonhei com Ulisses nessa noite. Caminhava através de uma espécie de labirinto, cortinas escuras me cercavam.

Não via nada à minha frente, ou ao meu redor, mas não estava perdida, meus passos seguiam um percurso definido. Afastei algumas cortinas e descobri Ulisses sentado no chão com as mãos pousadas sobre as pernas, à moda dos japoneses, atrás de uma grande mesa de madeira maciça no meio do que me parecia uma sala. Sua aparência era a mesma de quando o vi pela última vez, naquele domingo depois da visita a meus pais. Eu me sentei à sua frente e ficamos olhando um para o outro sem trocar nenhuma palavra. As cortinas nos isolavam como se fossem paredes. Não havia nenhum outro móvel além da mesa. Uma fonte de luz, lâmpada ou luminária, não sabia dizer ao certo, pairava sobre nossas cabeças. Toquei a superfície escura da mesa com as pontas dos dedos. Ela era fria.

— Ficaremos aqui até que as estrelas fujam e as sombras devorem a lua — ouvi-o dizer, no entanto, não vi seus lábios se moverem.

Aquele era um trecho de um poema de Yeats de que gostávamos. Ele costumava recitá-lo deslizando a ponta dos dedos sobre minha pele quando estávamos deitados em meu quarto. Continuava a observá-lo sem dizer nada e escutei sua voz novamente:

— Eu matei uma pessoa.

Porém, seus lábios permaneciam imóveis assim como os músculos de seu rosto. Olhei-o espantada, sem entender a que se referia. Como se tivesse notado minha confusão, ele prosseguiu:

— Descobri quem matou meu pai. Encontrei um dos assassinos. Era um rapaz da periferia da cidade. Ele costumava pegar uma estrada de terra para voltar para casa todas as tardes. Quase ninguém andava por ali. Um dia, esperei que ele estivesse caminhando sozinho e acelerei o carro. Vi o corpo rolar pelo capô e cair do lado da estrada, em meio à poeira. Não vi se ainda se mexia. Não olhei para trás.

Observava o rosto inexpressivo de Ulisses. Suas palavras chegavam até mim como mensagens telepáticas sem revelar qualquer emoção.

— Como pode estar certo de que o matou?

Sem abrir a boca, ouvi meus pensamentos ecoarem naquele ambiente quase como se tivesse gritado.

— Eu o matei. — Foi sua resposta.

Não me sentia horrorizada ou achava que ele tivesse feito algo errado. Não sentia nada, e isso foi o que mais me surpreendeu. Queria fazer mais perguntas, entretanto era como se conversasse com uma esfinge, e isso me intimidava. Não sei por quanto tempo ficamos olhando um para o outro sem trocar nenhuma palavra.

O rosto de Ulisses permanecia gravado em minha memória ao despertar. Fiquei deitada procurando evocar a presença ausente de Ulisses, mas ela se tornava cada vez mais distante. Buscava significados e explicações para esse sonho, porém não encontrei nada que fizesse sentido e desisti. Sem conseguir voltar a dormir, eu me levantei e fui até a janela. Não acendi as luzes. Afastei as cortinas e vi o jardim com as roseiras e as hortênsias iluminado pela lua cheia.

— Onde você está? — murmurei, mas, como acontece quando estamos acordados e sozinhos, ninguém respondeu.

Passei longos minutos contemplando a paisagem iluminada pelo luar. Ao me cansar, voltei para a cama e, em algum momento, adormeci.

Quando Lúcia sugeriu que nos exercitássemos pedalando pelos arredores todas as manhãs, senti as forças me abandonarem. Sempre fui sedentária, andava muito e fazia o serviço doméstico em meu minúsculo lar, entretanto exercício, para mim, era algo que devia estar tão bem integrado ao cotidiano que mal notaria. Chamar qualquer atividade de "exercício" era pedir que eu a abominasse.

— Estou acostumada a ir para a academia durante a semana e não consigo ficar parada. Preciso fazer algum exercício; além disso, se continuar comendo desse jeito, terei que dar duro quando voltar.

Olhei para minha fatia de pão besuntada com manteiga e uma generosa camada da geleia de Dona Vera e suspirei antes de dar uma mordida. Sem opção, concordei, e Lúcia prometeu que começaríamos devagar.

Terminei minha fatia de pão, engoli meu café com leite e fui ajudá-la a retirar as bicicletas que estavam debaixo das escadas. Nós as levamos para a garagem e usamos a bomba do carro para encher os pneus. Checamos se tudo estava em ordem dando algumas voltas pelo gramado. Seu João, o marido de Dona Vera, recolhia folhas no jardim. Ele parecia mais velho do que a mulher, ou o tempo havia sido mais inclemente com ele. Seu rosto magro apresentava muitas rugas, e uma pronunciada corcunda se elevava sobre suas costas. Ele nos observava pedalar segurando o rastelo em uma das mãos. Gritávamos quando precisávamos desviar para não nos chocarmos uma com a outra, e isso parecia diverti-lo.

Depois de nossas voltas de adaptação, fechamos a casa, abrimos o portão de madeira e saímos pedalando rua acima. Seria mais fácil descer, poderíamos ir até a cidade sem precisar pedalar, mas a volta seria árdua.

A manhã estava fria, as hortênsias plantadas ao longo das cercas estavam úmidas de orvalho. Não encontramos quase ninguém andando pelas ruas de terra pelas quais passávamos. As casas nos observavam em silêncio com suas garagens vazias e janelas fechadas. Alguns cães latiam quando nos viam, mas logo perdiam o interesse e sumiam nos quintais.

Lúcia pedalava sempre um pouco à frente. Eu era mais lenta e não sabia usar as marchas a meu favor. Mas não tínhamos pressa, pedalávamos sob um sol morno que, aliado ao calor do exercício, fez com que retirássemos os agasalhos. Nós os amarramos na cintura sob a sombra de algumas araucárias e continuamos. Subíamos, descíamos, dávamos voltas pelos quarteirões e procurávamos evitar os inúmeros sulcos criados pela água das chuvas e as pinhas caídas no chão. Não andava de bicicleta desde a adolescência. Já havia me esquecido daquela sensação de vento no rosto e do cansaço nas pernas. Às vezes, parávamos na frente de uma casa para observar a arquitetura ou o jardim. Construções muito bonitas se erguiam em meio a gramados bem cuidados. Devia ser bom ter uma casa de campo daquele tipo só para passar alguns dias nela todos os anos.

Já estava quase adaptada ao ritmo das pedaladas e a trocar as marchas nos momentos certos quando a corrente de minha bicicleta se soltou, ouvi um clique e não consegui mais pedalar. Tirei a bicicleta do meio da rua e procurei colocar a corrente de volta com as mãos. Lúcia me observava e dava sugestões de como eu devia proceder. Foi uma tarefa desengonçada, mas consegui colocar a corrente no lugar. Vi um pedaço de papel na frente de uma casa próxima e fui apanhá-lo para limpar minhas mãos sujas de graxa. Era um folheto com o anúncio de um restaurante da cidade.

Enquanto me limpava, ouvi um som agudo e repetitivo chegar até mim de um ponto próximo. Parecia uma martelada em algum material sólido, como metal ou pedra. Depois de algum tempo, concluí que o barulho vinha da casa diante da qual o panfleto do restaurante estava caído. No entanto, podia jurar que ela estava abandonada. A grama precisava ser aparada, e o jardim estava praticamente oculto pelo mato. Era uma casa térrea com uma cerca baixa. O aspecto de descuido do jardim e o pó nos vidros das janelas indicavam que ela não recebia visitas há um bom tempo. Mas o som continuava e definitivamente vinha dos fundos daquela casa.

Lúcia, que havia descido de bicicleta até o final da rua e voltava naquele momento, parou ao meu lado para verificar se eu já havia colocado a corrente no lugar.

Apesar de limpas, ainda sentia as mãos grudentas. Hesitei antes de jogar o panfleto no chão outra vez, mas não havia lixeira por perto, e não tinha um bolso para armazená-lo até retornar ao chalé.

— Vamos voltar, o sol está ficando forte — disse ela, e balancei a cabeça concordando.

— Você está ouvindo esse barulho? — perguntei, antes que ela se afastasse.

— Que barulho?

— Escute.

Lúcia desceu da bicicleta e se postou ao meu lado.

O som foi interrompido por um breve instante e substituído pelo latido de alguns cães e pelo vento soprando entre as copas das araucárias, mas logo voltou a ser audível.

— Esse som?

— É.

— De onde ele vem?

— Eu acho que é daquela casa, mas ela parece abandonada, não parece?

— É verdade.

— Lembra alguém esculpindo.

— Esculpindo?

— Não parece?

— Pode ser.

Ficamos em silêncio tentando adivinhar o que produziria aquele som. Em pé, Lúcia segurava a bicicleta, a minha estava deitada na beira da rua. Logo nos cansamos daquilo e deixamos o lugar. Lúcia saiu pedalando primeiro, eu ainda me demorei um pouco mais ouvindo aquele som antes de segui-la.

Como no dia anterior, preparei o almoço. Lúcia lavou os pratos e depois saímos de carro. Estacionamos na frente da igreja e caminhamos ao longo da rua principal. Dessa vez o comércio estava aberto, e pudemos entrar nas lojas. Vimos muitas velas, sabonetes, panos de prato, bonecas de tecido, porta-chaves, placas de madeira com frases espirituosas, objetos de cerâmica, queijos, compotas e chocolates.

Comprei alguns bombons sortidos, eles pareciam atraentes sobre as bandejas, mas me arrependi. Provei um, achei ruim. Provei outro e também não gostei. Eles eram doces demais, e sua textura era gordurosa. Fiquei desapontada, especialmente porque havia comprado quase uma dúzia deles. Lúcia carregava algumas sacolas com sabonetes artesanais. Ela também não resistiu às velas, comprou várias com formatos de rosas, triângulos, quadrados e bolas. Elas seriam dadas de presente para os colegas de trabalho. Acabei incumbida de carregar uma sacola com um conjunto de galinhas d'angola feito de barro e pintado à mão. As três aves de diferentes tamanhos eram para a mãe de Lúcia.

Depois de entrarmos em todas as lojas abertas, com as pernas cansadas por causa das pedaladas matinais e com os olhos fatigados de ver objetos de artesanato, paramos no mesmo café da tarde anterior e pedimos outros dois espressos. Para minha surpresa e alívio, comemos parte dos bombons enquanto conversávamos e sorvíamos nossos cafés.

O HOMEM DO JARDIM

Jantamos e fomos dormir cedo. Estávamos cansadas de pedalar e flanar. Tentei ler algumas páginas de meu Proust antes de fechar os olhos, mas desisti após algumas linhas. Se continuasse, a praia normanda de Balbec se fundiria com as colinas de Morro das Araucárias. Entretanto, não foi a Balbec de Proust que visitei durante a noite em meus sonhos. Foi Ulisses. Fui conduzida novamente até aquele lugar misterioso da primeira vez.

Ele estava sentado no chão com a mesa à sua frente e a mesma ausência de expressão da noite anterior. Seus olhos pousaram sobre os meus quando me sentei. A mesa nos separava. Estávamos sozinhos. Olhávamos um para o outro, gostaria de dizer algo, mas não encontrava as palavras certas. Permanecemos em silêncio por muito tempo, ou o que me pareceu muito tempo. Estava contente apenas em vê-lo. Por fim, ele estendeu uma das mãos em minha direção e eu a agarrei como se estivesse prestes a ser sugada por um remoinho, mas era tarde demais. Despertei com os olhos úmidos. Havia chorado durante o sono, era a primeira vez que isso acontecia. Lembrava-me de já ter acordado rindo, mas era a primeira vez que despertava em lágrimas.

A casa de Ulisses ficava em Minas. Procurei pela cidade em um mapa antes da viagem. Era um lugar pequeno com um nome pitoresco, distante de Morro das Araucárias. Desconhecia seu endereço, mas estava certa de que poderia obtê-lo sem grandes dificuldades. Poderia ligar para o número que ele havia me passado e aparecer na porta de sua casa, mas o que diria? Que estava com saudades? Mal sabia o que éramos um para o outro. As coisas nunca eram tão simples na realidade.

Levantei-me no escuro e fui até a janela. Afastei as cortinas, e a mesma lua cheia iluminava a paisagem. Não havia nuvens no céu. Sentei-me na cadeira junto à escrivaninha e fiquei olhando para o lado de fora com a cabeça apoiada em uma das mãos. Via as roseiras no jardim, a massa escura da moita de hortênsias e o contorno dos morros. Não havia vento ou brisa, o ruído dos grilos parecia longínquo.

De vez em quando, ouvia uma pinha caindo no chão. Ela batia em alguns galhos antes de tocar o solo, conduzida pelas leis da gravidade. Tinha dificuldades para dormir em camas diferentes na infância. Quando pousava na casa de meus tios, acordava no meio da noite e ia de mansinho até a janela mais próxima, afastava as cortinas e passava longos minutos olhando para o lado de fora. Eles moravam em um sobrado, e eu via a rua logo abaixo. Contemplava as calçadas vazias, alguns carros, a moto do vigia do bairro. Isso me distraía, era como se contemplasse outro mundo enquanto todos dormiam e ouvia seus roncos e respirações cadenciadas. Um mundo feito de silêncio, com leis e segredos próprios. Quando me cansava, voltava para a cama e tentava dormir.

A sensação ainda era a mesma de minha infância. A noite tinha a mesma densidade, era quase aquática. Meus movimentos e sensações encontravam um tipo de resistência que não existia durante o dia. Os sons eram envolvidos por uma aura de mistério, eles chegavam de um ponto indefinido e distante, como ondulações produzidas por uma pedra atirada na superfície de um lago.

Deixei que meus olhos varressem o horizonte e depois os conduzi outra vez ao jardim. Foi quando notei um movimento entre as roseiras. A princípio, achei que fosse um cão ou algum animal, mas a silhueta era muito grande. Depois de um momento de perplexidade, concluí que era uma pessoa. Um homem. Fui tomada de pânico por um instante, mas procurei me controlar, levantei-me da cadeira, sem fazer barulho ou gestos bruscos, e me agachei ao lado da cortina para que ele não me visse. O quarto estava escuro, mas a luz da lua poderia me trair. Procurei explicações para o que via. A ideia mais plausível que me ocorreu foi a de que era Seu João quem estava ali. Mas o que ele estaria fazendo no jardim àquela hora?

O homem misterioso estava agachado entre as roseiras e parecia cavar o solo. Eu deveria acordar Lúcia? O que faríamos? Com certeza, não sairíamos do chalé no meio da noite. A casa de Dona Vera ficava a alguns metros; se gritássemos, talvez ela nos escutasse. Somente o chalé tinha telefone, um aparelho ficava no quarto ocupado por Lúcia, e o outro na sala do primeiro andar. Quando alguém ligava, ele acionava um alarme do lado de fora que permitia que Dona Vera ouvisse e viesse correndo atender à ligação.

Meu celular estava na bolsa sobre a escrivaninha, poderia tentar ligar para a polícia, mas a recepção do sinal era praticamente inexistente naquela área, e, pelo que ouvi de Lúcia, não havia uma delegacia em Morro das Araucárias, nem um hospital, os serviços essenciais se concentravam em uma cidade vizinha, e as emergências levavam tempo para ser atendidas. Resolvi esperar e ver o que aconteceria. A porta e as janelas do andar de baixo estavam bem fechadas. Ouviria se alguém tentasse abri-las. O mais estranho era que o pânico e o susto inicial desapareceram. Não me sentia ameaçada, estava curiosa.

O homem continuava agachado, não conseguia ver o que fazia. Aquilo durou algum tempo; quando ele finalmente se levantou, permaneceu com as costas voltadas para a janela de onde eu o observava. Ele usava um chapéu de abas largas muito parecido com aquele que via Seu João usar quando recolhia folhas no gramado. Não entendia por que ele usava um chapéu no meio da noite. Entretanto, não poderia ser o Seu João. A estatura do homem no jardim era diferente, ele era mais alto, e suas costas estavam eretas, sem uma corcunda como as de Seu João.

Tive a impressão de que ele limpou as mãos nas calças e levou uma delas à testa, como se a coçasse. Ele permaneceu em pé na mesma posição por alguns minutos, depois se virou para a direita e saiu de meu campo de visão. Não vi seu rosto, as abas do chapéu o escondiam. Ele deveria ter ido para os fundos, na direção da casa de Dona Vera. Fiquei no mesmo lugar por mais algum tempo, esperando que ele voltasse. Mas isso não aconteceu e não ouvi nenhum som suspeito. Pensando bem, não havia ouvido som algum durante todo aquele tempo, nem mesmo o de seus passos quando ele passou debaixo da janela.

Peguei meu celular e o levei comigo para a cama. Eram três horas. Quando me enfiei sob as cobertas, notei que meu corpo estava gelado. A temperatura baixava à noite em Morro das Araucárias, mas estava tão absorvida naquela cena do jardim que sequer sentia frio. Procurava ouvir algum ruído do lado de fora ou no andar de baixo, a porta do meu quarto estava fechada, e Lúcia dormia no quarto vizinho. Fiquei em estado de alerta durante muito tempo. Não sei quando adormeci, mas, ao despertar, ainda me agarrava ao celular.

A luz da manhã entrava pela janela, não tive coragem de fechar as cortinas na noite anterior, e elas permaneceram abertas. Pulei da cama e fui até lá, olhei para o jardim iluminado pelos raios de sol e não vi nada diferente. Algumas andorinhas voavam de um lado para o outro e davam rasantes no céu azul. As roseiras continuavam precisando de poda, e não havia sinal de que a terra tivesse sido revolvida no ponto em que vi o homem agachado. Quando desci para o café, já não estava mais certa de ter testemunhado aquela cena noturna. Lembrava-me do sonho com Ulisses, de não conseguir dormir e olhar pela janela, mas o restante teria sido real? O sonho, minha dor ao me separar de Ulisses e o homem no jardim adquiriram uma textura muito tênue e se confundiram.

Lúcia desceu pouco depois.

— Dormiu bem? — perguntei.

— Muito! É tão silencioso aqui! No meu apartamento sempre há carros e ônibus passando na rua. Tinha até me esquecido de como é bom dormir só com os sons da natureza.

Lúcia colocou um pouco de café instantâneo em uma caneca com leite e o misturou com a colher. Ela parecia mais jovem sem maquiagem, seu rosto estava com uma cor mais saudável, e as olheiras haviam desaparecido.

— O engraçado é que não ouvi as andorinhas no teto, talvez haja uma época em que elas sejam mais ativas. E você, tem dormido bem?

— Sim — respondi, após alguma hesitação que passou despercebida de Lúcia. Não podia contar que acordava chorando ou via estranhos no jardim no meio da noite.

Fomos dar uma volta de bicicleta pela vizinhança outra vez. Dona Vera e Seu João amontoavam as folhas caídas sobre o gramado e nos cumprimentaram com gestos de cabeça e acenos de mão. Seu João vestia a mesma roupa do dia anterior, notei que sua corcunda era bem visível de qualquer ângulo que o observasse. Enquanto Lúcia fechava a porta, fui até o jardim e procurei o ponto em que aquele homem havia se postado durante a noite, mas não notei nada diferente sobre o solo. Nenhum indício de que alguém tivesse feito algo ou estado ali.

— Vamos? O que você está fazendo? — ouvi Lúcia perguntar do portão.

— Nada — respondi e fui buscar a bicicleta.

Continuava pensando nos eventos da noite anterior enquanto pedalava. Ouvia Lúcia falar e balançava a cabeça sem prestar muita atenção. Foi apenas quando começamos a descer a rua em que minha corrente havia se soltado no dia anterior que minha atenção foi desviada de um mistério e se concentrou em outro. Lembrei-me do barulho que julguei vir daquela casa aparentemente abandonada. O som que, em minha imaginação, era o de alguém esculpindo ou batendo em uma pedra com um cinzel.

Deixei Lúcia seguir na frente. Ela já estava a uma boa distância quando me aproximei da entrada da casa e me detive sobre a bicicleta. O papel com o qual havia limpado a graxa de minhas mãos ainda estava ali, amassado e caído sobre a grama. As janelas continuavam fechadas. Não ouvia nada além do vento nas árvores e de alguns cães latindo. Ia alcançar Lúcia quando ouvi o som outra vez. Seu ritmo estava mais inconstante, mas era o mesmo, e confirmei que ele vinha dos fundos da casa. Quando me certifiquei disso, desci ao encontro de Lúcia, que me aguardava no final da rua.

— Ainda está cismada com aquele barulho? — perguntou ela com ar de troça. — Não deve ser nada. Sua imaginação é muito fértil!

— Não é cisma, é que sou uma pessoa curiosa!

— Vai ver que é só alguma coisa solta, uma parte da janela ou do varal batendo por causa do vento — disse e saiu pedalando.

Preparava o almoço depois de nosso passeio de bicicleta quando ouvi Dona Vera bater na porta da cozinha que estava entreaberta para anunciar sua presença. Ela me cumprimentou e pediu desculpas por me interromper, com o jeito acanhado que lhe era característico. Lúcia veio até a cozinha ver o que Dona Vera queria.

— Dona Lúcia, essa pessoa ligou. Não deixou recado, mas pediu para que a senhora retornasse a ligação assim que fosse possível. — Ela estendeu um pedaço de papel. Tive tempo de ver um número de telefone e um nome masculino escritos à caneta antes que Lúcia o tomasse nas mãos e agradecesse. Dona Vera puxou a porta atrás de si cuidando para que ela permanecesse entreaberta como antes.

— Tudo bem? — perguntei.

Lúcia balançou a cabeça de forma distraída.

— É do trabalho — respondeu e se dirigiu ao aparelho da sala.

Sua voz era abafada pela distância entre os cômodos, poucas palavras foram trocadas, mas a ligação foi relativamente longa.

A panela com água que havia colocado no fogo estava quase a ponto de ferver quando Lúcia retornou e se sentou em uma cadeira sem dizer nada. Ela olhou para mim com ar sério e suspirou. Era o que fazia antes de dar uma má notícia, sua expressão profissional, como eu dizia brincando.

— Eu preciso voltar.

Coloquei o espaguete na água fervente e me sentei perto dela.

— O que aconteceu? Algum problema?

— Na verdade, é uma coisa boa. Já faz algum tempo que me propuseram uma mudança de país. Meu chefe andou me sondando, queria que eu fosse para a matriz na Alemanha. Não estava nada certo, mas, de certa forma, esses dias de descanso deviam servir para que eu refletisse sobre o assunto e esperasse por uma resposta definitiva. Isso aconteceu, e preciso voltar para arrumar meus papéis e terminar de resolver alguns assuntos antes de viajar no final do mês para conhecer o lugar e passar por um treinamento.

— Quanto tempo você ficará fora?

— Ao menos um ano.

— E o Luís? Ele vai com você?

— Ele tem o trabalho dele. Não posso pedir para que deixe tudo e vá comigo. Mas, se ele quiser, tudo bem. Ainda precisamos ter uma conversa sobre isso. Viver em outro país sempre foi um de meus sonhos. Acho que o Luís vai entender. Não estamos nem casados, não há nada que nos prenda um ao outro. — Lúcia notou minha expressão interrogativa. — Para falar a verdade, nosso relacionamento anda desgastado. A gente trabalha o dia inteiro, volta, janta e vai cada um para seu computador ver as notícias e continuar trabalhando. Isso não está funcionando para mim. Estamos juntos há tanto tempo que o relacionamento caiu na rotina. É quase como se vivesse com um colega de república.

Não fiz nenhum comentário. Aquela era uma decisão que Lúcia deveria tomar sozinha, minha função era apoiá-la, ela era minha amiga, não era? Não conhecia Luís o suficiente para defendê-lo e sabia muito pouco sobre a vida do casal.

— Quando mencionaram essa possibilidade pela primeira vez, eu fiquei tão cheia de expectativas! Alemanha, Mila! — disse Lúcia, mudando de assunto.

— E quando você precisa voltar?

— Então, tenho que ir embora amanhã. Mila, eu me sinto tão mal por sair correndo desse jeito! A gente acabou de chegar! Mas tenho uma proposta. O que acha de ficar aqui assim mesmo? Você até poderia permanecer por mais tempo do que tínhamos planejado, trouxemos tanta comida! O que acha?

— Não sei... — Apesar da hesitação inicial, a proposta era tentadora. Voltar para meu apartamento ou permanecer no chalé não fazia diferença no final das contas. — Não prefere que eu volte com você?

— Não se preocupe comigo. A única coisa chata é que terá que pegar o ônibus na volta. É uma viagem bem longa... Bem, avisarei a Dona Vera e o Seu João. Se precisar de qualquer coisa, basta falar com eles. Meu tio também não vai se importar. Fica combinado assim?

Balancei a cabeça, concordando.

O espaguete quase passava do ponto quando me lembrei de desligar o fogo e escorrê-lo. Lúcia discorreu sobre seus planos durante o almoço. Eu ainda me perguntava se realmente era uma boa ideia permanecer sozinha naquele lugar. Não acreditava em assombrações ou em fenômenos sobrenaturais, mas ainda não tinha explicações para aqueles estranhos episódios noturnos.

Minha mãe havia crescido no interior de São Paulo e costumava contar histórias de assombração. Eu as ouvia e pedia que as repetisse com tanta frequência que elas se tornaram meus contos da carochinha.

Ela sempre mencionava as bolas de fogo que cruzavam o caminho de quem andava pelos campos e estradas sem iluminação no meio da noite. Elas surgiam do nada, geralmente em locais onde alguém havia morrido, e seguiam sua trajetória com a lentidão de grandes vaga-lumes de cores variadas — vermelhas, azuis, amarelas — até se apagarem ou desaparecerem repentinamente. Segundo minha mãe, elas eram bonitas e não possuíam nada de ameaçador.

Ela também tinha sonhos estranhos durante a infância no interior. Sonhava com pretas velhas de ar bondoso que a chamavam de "iaiá". Elas surgiam à sua frente e lhe ofereciam quitutes. E com camas voadoras conduzidas por figuras invisíveis com as quais mantinha longas conversas. Contou até que, certa vez, vários esqueletos com chapéus de cangaceiro surgiram através da porta de mãos dadas como em uma ciranda e dançaram ao redor de sua cama. Os esqueletos batiam os dentes e produziam um som semelhante ao de chocalhos. Ela disse que ria no sonho, achava-os engraçados. O mais curioso é que só identificou os esqueletos como sendo de cangaceiros muito mais tarde, quando viu fotos de Lampião com suas vestimentas típicas.

Achava seus "causos" excitantes e misteriosos, mesmo que alguns deles me fizessem surgir no quarto de meus pais no meio da noite para dormir entre eles. Esses relatos sugeriam a existência de algo que persistiria mesmo depois da morte. Como um eco prolongado ou a luz emitida por uma estrela que chegava até nós após seu ocaso. Entretanto, não acreditava em um além. Para mim, a morte ainda era o resvalar da consciência para a inconsciência. Um sono sem sonhos. E estava certa de que todas as experiências "sobrenaturais" poderiam ser explicadas como sendo produtos de nossas mentes. Mas seria mesmo assim? Aqueles sonhos com Ulisses e o homem do jardim seriam apenas produtos da minha imaginação?

Lúcia informou nosso arranjo à Dona Vera e deixou a bagagem pronta para sair depois do café da manhã no dia seguinte. Eu a ajudei a colocar as sacolas de compras com as velas, os sabonetes e as três galinhas d'angola dentro do carro. À noite, ela ligou para Luís do quarto e avisou que estava voltando. Seus olhos estavam vermelhos quando ela desceu para o jantar.

— É foda! Desculpe, mas ficar discutindo pelo telefone é uma droga.

Ela deu um suspiro. Não fiz perguntas e não tocamos mais no assunto.

Abrimos uma garrafa de vinho tinto, comemos, arrumamos a cozinha e acendemos a lareira da sala. Levamos a garrafa de vinho e terminamos de bebê-la esparramadas na poltrona e no sofá enquanto ouvíamos os estalos da madeira sendo consumida pelo fogo.

— Espero que continue a andar de bicicleta, é um bom hábito...

— Claro que vou! — menti.

Passamos algum tempo em silêncio contemplando o movimento das chamas.

— Ando tendo sonhos estranhos desde que cheguei aqui. — comentei ao acaso.

Deveria falar sobre Ulisses e o misterioso homem do jardim? Lúcia estava deitada no sofá e voltou o rosto em minha direção.

— Quer dizer, não sei se foi um sonho ou se foi real, mas lembro de ter acordado no meio da noite, ido até a janela e visto um homem no jardim, ao lado das roseiras — prossegui.

— Um homem? — Ela franziu a testa. — Tem certeza?

— Sim, ele ficou um tempo agachado ao lado das roseiras, como se mexesse no chão, depois se levantou e desapareceu.

Decidi não mencionar os sonhos com Ulisses. Lúcia estava quieta, com ar pensativo.

— Sabe, tinha até me esquecido, mas uma coisa estranha também aconteceu comigo na primeira vez em que vim para cá com meus tios. E, na época, não achei que fosse nada demais. Também acordei no meio da noite, tinha deixado as cortinas abertas e fui fechá-las por causa do luar. Estava tonta de sono. Foi muito rápido, nem tenho certeza do que vi ou se realmente vi algo, mas tive a impressão de que alguém passou debaixo da janela e desapareceu. Fechei as cortinas e voltei a dormir em seguida.

— Você não teve medo?

— Medo do quê? Foi só uma impressão. Poderia ser qualquer coisa. Achei que fosse uma pessoa, mas não tenho certeza. Estava cambaleando de tanto sono.

— Eu fiquei assustada, achei que poderia ser um ladrão, mas depois dormi e, quando acordei, já não estava mais tão certa do que vi — confessei.

— Ah, não deve ser nada! Você deve ter sonhado. Eu mesma voltei várias vezes para cá e isso nunca mais se repetiu. Tem certeza de que não quer voltar comigo amanhã?

Balancei a cabeça, negando. Eu me sentia bem ali, como algo ruim poderia ocorrer em um lugar onde me sentia bem? Mesmo sonhar com Ulisses era bom, eu o via, ficávamos próximos nessas ocasiões. Chorava apenas quando retornava à realidade. Não eram os acontecimentos inexplicáveis que me assombravam.

Não acordei ou sonhei aquela noite, adormeci assim que coloquei a cabeça sobre o travesseiro. Quando acordei, já era dia. Fiquei um pouco desapontada pela noite normal de sono. Afastei as cortinas da janela e olhei para o lado de fora. O sol aparecia atrás dos morros. A grama estava úmida, e alguma neblina surgia aqui e ali, cobrindo trechos da paisagem com manchas brancas. As roseiras permaneciam imóveis em seus canteiros como se gozassem de um período de hibernação.

Troquei de roupa e fui para a cozinha. Fervi o leite, tostei algumas fatias de pão e retirei queijo, manteiga e geleia do refrigerador. Lúcia desceu e tomamos café juntas. Seu rosto havia perdido um pouco do aspecto saudável dos últimos dias, mas ela estava de bom humor.

— Nada estranho aconteceu esta noite? Tudo em paz? — perguntou, depois de dar um grande bocejo com direito a uma esticada de braços.

— Não, dormi como uma pedra — respondi.

Conversamos sobre assuntos sem importância e rimos um pouco. Fui dar uma volta pelo gramado depois de limpar a mesa. Lúcia foi tomar banho e se preparar para ir embora.

Uma grande árvore, talvez uma castanheira, se elevava em um canto do gramado. Logo Seu João ou Dona Vera estariam ali para recolher as folhas caídas. Passei diante da casa de alvenaria em que eles moravam. Apesar das janelas fechadas, ouvi sons em seu interior e senti o cheiro de café recém-passado.

Contornei o chalé e cheguei às roseiras. A base de seus caules era grossa, como se as mudas tivessem sido plantadas há muito tempo. Seus galhos cresciam até quase minha altura. Lembrei-me das rosas com as quais Ulisses me presenteou em nosso jantar de despedida. Rosas brancas que ficaram sobre a mesa durante toda a semana até murcharem e serem jogadas no lixo.

O RUÍDO MISTERIOSO

Acenei antes que Lúcia descesse a rua com o carro. Fechei o portão e voltei para o interior do chalé. Ela levou algumas de minhas roupas sujas para aliviar minha bagagem na volta; de qualquer forma, não havia trazido muita coisa. Se precisasse de alguma peça de roupa, poderia lavá-la e secá-la ao sol, não faltava espaço para isso.

Tinha tempo livre e podia usá-lo como quisesse. O chalé estava silencioso. Caminhei pela sala varrendo os móveis com os olhos. Parei na frente da cristaleira com as pedras e fiquei olhando para cada uma delas. Eram cerca de trinta. Recordações de viagens. Pedaços de lugares que, por um capricho do tio de Lúcia, viraram parte de uma curiosa coleção em uma pequena cidade serrana de Minas.

Eu me perguntava por que resolvi permanecer ali, e a resposta mais razoável era que precisava de algum tempo sozinha longe de objetos familiares. Pensava que assim poderia encontrar alguma resposta para minhas questões existenciais. Eu estava perdida, e, segundo um velho clichê, quando alguém se sente perdido, acredita que, partindo para o outro lado do globo ou se exilando no alto de uma montanha, pode voltar a se encontrar. Eu não tinha dinheiro para ir ao Nepal meditar em algum mosteiro, então Morro das Araucárias teria que servir.

Depois de perambular alguns minutos pelos cômodos da casa, subir e descer as escadas, considerar se deveria mudar para o quarto antes ocupado por Lúcia para dormir na cama de casal e depois desistir por pura preguiça de ter que retirar meus parcos pertences do guarda-roupa, lembrei-me daquela casa e do barulho que havia escutado quando saí para andar de bicicleta. Decidi ir a pé mesmo, faria uma pequena caminhada. "Não posso entrar no quintal com a bicicleta ou deixá-la na rua", pensei comigo mesma, justificando a relutância em pedalar. Na verdade, não via razão para usar a bicicleta quando podia caminhar, algo que me parecia muito mais natural e agradável.

As manhãs eram frescas naquele lugar, as andorinhas se deleitavam voando no céu azul. Subi a rua, virei à esquerda e atravessei três quarteirões, apenas subidas. Como sempre, cruzei apenas com duas ou três pessoas, provavelmente caseiros de outras propriedades ou empregados das pousadas. Elas me cumprimentavam com um aceno de cabeça e um sorriso tímido. Gramados eram aparados aqui e ali, podia ouvir o som dos cortadores.

Parei na frente da casa antes de entrar. Tudo estava do mesmo jeito: o papel sujo de graxa sobre a grama umedecida pelo orvalho, o mato alto no jardim. Apurei os ouvidos e esperei escutar aquele som com o qual já estava familiarizada. Sim, lá estava ele! Hesitei um pouco antes de passar por cima da cerca de madeira, ela era tão baixa que um cachorro de pequeno porte não a consideraria um obstáculo. Olhei para os dois lados da rua, certifiquei-me de que não havia ninguém por perto e passei para o outro lado. Dirigi-me aos fundos caminhando rente à parede da casa. Janelas e portas continuavam fechadas. O som se tornava cada vez mais audível à medida que avançava. Cheguei ao fim da construção e vi algumas árvores, um varal vazio e uma pequena edícula junto ao muro no final do terreno, devia ser onde as ferramentas e o material de jardinagem eram guardados. O que quer que produzisse aquele som estava imediatamente na parte posterior da casa.

Eu estava quase encostada contra a parede, não tinha coragem de me mover. Respirei fundo. Se houvesse alguém, eu pediria desculpas e diria que o barulho havia despertado minha curiosidade. E, se fosse alguém muito estranho, de aparência suspeita, com cara de tarado, maníaco ou louco, eu sairia correndo e nunca mais passaria por ali. Por fim, se fosse apenas um pedaço de metal solto que produzia aquele ruído, ficaria aliviada. Dei dois passos e saí do ângulo da casa. Deparei-me com uma varanda protegida por um telhado. Havia um tanque de lavar roupas no canto mais próximo de onde estava, e, no outro, ao lado de uma porta aberta, vi um rapaz sentado no chão. Ele segurava um martelo e um cinzel e dava batidas em uma pedra colocada sobre um suporte de madeira. Era alguém esculpindo, afinal de contas!

O rapaz era jovem, na casa dos vinte anos, se tanto, e aparentemente inofensivo. Vestia uma camiseta clara e calças *jeans* um pouco sujas. Fragmentos de pedra se espalhavam pelo chão. Pedaços de pedra de vários tamanhos e pequenos objetos que deveriam ser suas esculturas estavam espalhados pela varanda, também havia peças de madeira entalhada dispostas nos parapeitos das janelas fechadas. Ele estava tão absorto no que fazia que demorou um pouco a notar minha presença. Uma expressão perplexa se desenhou em seu rosto quando ele finalmente ergueu os olhos e me viu.

— Desculpe entrar assim, mas eu sempre passo aqui na frente e ouço o barulho... — balbuciei.

Ele me ouviu com ar desconfiado.

— Ah, os quintais aqui são tão grandes, e as casas vizinhas estão sempre vazias, não sabia que alguém poderia me ouvir! Você mora aqui perto? Espero não a ter incomodado — disse, quase se desculpando.

— Não! De modo algum! — apressei-me em acrescentar. — Estava curiosa, só isso.

Ele parecia embaraçado, e fomos envolvidos por um palpável silêncio. Pensei em me desculpar mais uma vez e dar meia-volta, mas a curiosidade falou mais alto e me aproximei.

— Você é escultor?

A resposta saltava aos olhos, mas foi a primeira coisa que me ocorreu.

— Eu faço algumas coisas... Quer dar uma olhada? — Ele depositou o martelo e o cinzel sobre o chão, levantou-se e bateu as mãos nas calças.

Depois de concluir que o rapaz era mesmo inofensivo, entrei na varanda e comecei a passar os olhos pelas esculturas em pedra e madeira espalhadas ao meu redor. Ele ficou em pé, parado, a alguma distância.

Havia pequenos sapos, gatos, elefantes e outros animais em pedra sabão e madeira. Descobri algumas estatuetas femininas e peças com formas abstratas entre eles. Nenhuma das esculturas era muito grande, na verdade, qualquer uma caberia na palma da mão.

A peça na qual ele trabalhava ainda estava em estágio inicial, e não consegui identificar no que se transformaria. Lembrava vagamente um torso feminino.

— Eu exponho meu trabalho na praça da igreja nos finais de semana. Vendo para os turistas. As pessoas levam como lembranças daqui, vê? — Ele me mostrou o nome da cidade gravado na base de uma de suas esculturas.

Em seguida, ele entrou na casa, voltou com um estojo de lona grossa e me mostrou alguns colares e pequenos pingentes de pedra. Sem muito interesse, tomei alguns deles nas mãos e os depositei no estojo outra vez.

Lancei um breve olhar na direção da porta aberta, ela dava para a cozinha. O interior estava escuro e não conseguia ver muita coisa, mas tudo me pareceu estar bem arrumado e limpo lá dentro.

— Você mora aqui?

— A casa é do meu avô. Ele não tem mais condições de vir com frequência, e por isso ela está com esse ar de abandono. Foi com ele que aprendi a esculpir. Vim passar alguns dias na cidade.

Seu nome era Sérgio. Ele parecia ter acabado de concluir o colegial como os garotos que via percorrer o *campus* da universidade no início de todos os anos. Seus cabelos claros estavam um pouco compridos, como Ulisses costumava deixá-los no passado. Falei sobre os passeios de bicicleta e sobre Lúcia, e ele me contou sobre o avô e sobre sua paixão pela escultura. A conversa fluía, apesar da circunstância insólita de nosso encontro e de nossa diferença de idade, no entanto, não queria incomodá-lo ainda mais e me despedi depois de meia hora.

— Geralmente estou aqui pela manhã. Volte quando quiser!

Ele parecia mais relaxado, devia ter concluído que eu também não constituía uma ameaça.

Dona Vera estava na rua quando voltei ao chalé. Ela conversava com um homem diante de um Fiat antigo estacionado na frente do portão. Eu me aproximei e os cumprimentei.

O porta-malas estava aberto. Havia várias verduras e legumes amontoados em seu interior. Dona Vera comprava hortaliças. Eu a ajudei a carregar as compras. Cada uma de nós colocou uma abóbora de pescoço debaixo do braço e, com a mão livre, segurou alguns pés de alface. Passamos pelo portão e atravessamos o terreno, segui Dona Vera até a frente da casa nos fundos. Ela depositou a abóbora no chão, ao lado do tanque de lavar roupas, e fiz o mesmo. A porta estava aberta, pude ver um armário e uma mesa. O chão era de um vermelho escuro, limpo e encerado. Não vi Seu João, talvez ele tivesse saído. Apesar da idade, eu já o havia visto descer a rua e voltar a pé trazendo algo da cidade.

Dona Vera colocou os pés de alface dentro do tanque, lavou as mãos debaixo da torneira e as chacoalhou para remover o excesso de água.

— Amanhã vou fazer doce com essas abóboras, depois eu levo um bocado para a senhora!

— Obrigada! Será que eu poderia vê-la preparar o doce? Quer dizer, se não for atrapalhar.

Gostava de observar outras pessoas cozinharem.

— Claro, pode aparecer! É só passar aqui depois do almoço — respondeu ela, parecendo surpresa com meu pedido.

Nós nos despedimos, e eu entrei no chalé pela porta dos fundos. Dona Vera havia me dado um pé de alface que deixei dentro da pia da cozinha. Olhei para o interior da geladeira pensando no que poderia preparar para o almoço além de uma salada. Lúcia fazia falta, estava acostumada a cozinhar apenas para mim, mas ter mais alguém para compartilhar a comida sempre era mais estimulante. Acabei fatiando um tomate, lavando algumas folhas de alface e preparei uma salada complementada por meia lata de atum que comi acompanhada por fatias de pão.

Dado o limitado leque de opções para me distrair, fui até o quarto e continuei lendo meu Proust. Fui tomada por uma sonolência arrebatadora durante a leitura. Deixei o livro sobre a escrivaninha, fechei os olhos e fiz minha pequena *siesta* de meio de tarde.

Como quase sempre ocorria quando cochilava após o almoço, meu sono foi leve e pontuado por momentos em que não sabia se estava dormindo ou se estava desperta. Eu me via conversando com Sérgio, pensando em Lúcia e até me perguntando se havia fechado a porta do andar de baixo, tudo muito confuso. Enfim, a *siesta* foi má ideia. Despertei com o estômago esquisito. Procurei o sal de frutas na bolsa de emergências que sempre me acompanhava em viagens, hipocondríaca que era, e desci para pegar um copo de água na cozinha. Bebi a mistura fazendo uma careta, enxaguei o depósito branco no fundo do copo com um pouco de água e o deixei secar na pia.

Dei várias voltas pelos cômodos, pela grande sala, pela cozinha, pelos dois quartos e banheiros de cada andar, parava na frente de cada móvel e objeto. Demorei-me na frente da cristaleira com a coleção de pedras outra vez e procurei decorar a procedência de cada uma delas por pura falta do que fazer. Embora não tivesse qualquer problema em passar a maior parte do tempo sozinha em meu apartamento, a partida abrupta de Lúcia e o ambiente estranho acentuavam a consciência de minha solidão, e isso me deixava inquieta. Cogitei descer até a cidade, mas a simples ideia de ter que subir de volta a pé ou de bicicleta me desanimou. Além do mais, o que faria lá embaixo? Compras? O artesanato não me interessava. Ao fim de uma curta reflexão, decidi voltar a meu Proust. O resto da tarde transcorreu lentamente. Jantei e dormi cedo.

Vi Ulisses outra vez. A expressão de seu rosto era a mesma das outras duas noites. Estávamos naquele mesmo lugar cercado por cortinas escuras. A luz era fraca e iluminava apenas o espaço no qual nos encontrávamos e nos ilhava. Não me lembrava de como havia chegado ali. Quando dei por mim, estava sentada no chão à frente de Ulisses com a mesa entre nós.

— Sinto sua falta — disse, ou melhor, pensei, pois conseguíamos ler os pensamentos um do outro sem abrir a boca. — Hoje eu conheci um rapaz chamado Sérgio. Os cabelos dele me lembraram dos seus no passado. Ele ficaria muito parecido com você se usasse um *béret* — comentei, mas ele permaneceu impassível. — Procurei um *béret* para substituir aquele que você perdeu, mas não encontrei nenhum igual. Gostava de vê-lo com ele, me lembrava daquela foto do Che Guevara. Transmitia a mesma aura romântica, idealista. Seus cabelos estão tão curtos agora! — Reprimi o desejo de me apoiar sobre a mesa e estender uma das mãos para tocar seus cabelos. — Por que voltou a me procurar? — Ele não respondeu. Suspirei e olhei ao redor, via apenas as cortinas penduradas de todos os lados, escuras e densas. — Onde estamos? — perguntei.

— É sua mente — respondeu ele, por fim.

— Você também é parte deste lugar?

— Sim.

— Então os nossos encontros aqui são fruto de minha imaginação?

— Só posso dizer aquilo que você já sabe.

— Mas o Ulisses que encontrei na frente do prédio não me disse que tinha atropelado o assassino do pai dele. Como eu poderia ter inventado uma coisa dessas? Isso também é uma fantasia minha?

Silêncio. Ele me observava sem demonstrar qualquer reação.

O quarto estava escuro quando abri os olhos. Uma fresta entre as cortinas deixava um pouco de luz entrar, ela formava um risco claro no chão de madeira, o luar ainda propiciava bastante claridade.

Diziam que era possível ter sonhos lúcidos, porém era a primeira vez que isso acontecia comigo. Procurei interagir com aquele Ulisses fazendo-lhe perguntas; mesmo que ele fosse um reflexo de meu inconsciente, esperava por alguma resposta, mas foi uma tentativa vã.

Observava as sombras dos móveis, sentia o cheiro do quarto. A madeira do chalé e o óleo de carnaúba se misturavam com o amaciante dos lençóis e cobertores que me envolviam com seu calor. Não me levantei, queria voltar a dormir. Minha intuição dizia que o homem misterioso estava no jardim. Se fosse até a janela e afastasse as cortinas, tinha certeza de que o surpreenderia em suas atividades noturnas, mas não queria incomodá-lo, como ele não me incomodava. Havia bastante espaço para nós dois naquele lugar; além do mais, eu era a intrusa ali. Não tinha o direito de perturbá-lo.

Levantei de bom humor e um pouco mais tarde do que de costume na manhã daquela quinta-feira. Sem Lúcia, não havia razão para me apressar, não precisava tomar o café da manhã cedo para dar voltas de bicicleta. Não queria nem mesmo pensar em andar de bicicleta. Assim mesmo, saí para uma pequena caminhada e acabei parando para conversar com Sérgio, o jovem escultor.

Por uma questão de hábito, detive-me na frente da casa, identifiquei o som que havia chamado minha atenção na primeira vez e só então passei por cima da cerca. A grama continuava a crescer com vigor, e meus pés desapareciam entre as folhas verdes enquanto seguia em direção aos fundos. Sérgio estava sentado no chão, esculpia como no dia anterior. Ele me cumprimentou com um sorriso e fez menção de se levantar, mas fiz um gesto pedindo que continuasse.

Ele voltou a bater no cinzel com o martelo que segurava na mão direita. Batidas leves, sem o emprego de muita força. Eu me sentei em um banco de madeira e fiquei observando seus movimentos por algum tempo. Ele vestia outra camiseta, mas continuava com as mesmas calças sujas de pó. Temi que se sentisse pouco à vontade para trabalhar devido à minha presença, mas ele parecia absorvido na escultura. Não sei quanto tempo se passou até que ele depositasse os instrumentos no chão.

— Quer beber algo? — perguntou enquanto se levantava.

Sem esperar que eu respondesse, ele entrou na cozinha e retornou com uma garrafa de refrigerante e dois copos. O interior da casa continuava na penumbra. As janelas permaneciam fechadas e, com exceção da cozinha, não tinha uma boa visão dos outros cômodos.

— Por que não abre as janelas e deixa um pouco de ar fresco entrar? — perguntei.

Ele deu de ombros.

— Se abrir as janelas, a poeira vai entrar, e não tenho disposição para ficar limpando a casa. Praticamente só uso a cozinha e o quarto, passo a maior parte do tempo aqui na varanda.

Aquilo fazia sentido.

— Pretende ficar muito tempo em Morro das Araucárias?

— Ainda não sei. Depende das vendas. E você? Embora seja uma cidade turística, o lugar é bem parado, não é mesmo?

— Talvez até a próxima quarta, ainda não decidi — respondi vagamente.

Ainda não havia definido uma data, mas a intenção era mesmo partir na próxima semana. Era verdade, não havia muito a fazer ali, mas a rotina não era tão diferente daquela à qual estava habituada em Campinas. Também lia, cozinhava, comia e deixava que minha imaginação me torturasse em Morro das Araucárias. No final das contas, a maior parte de nosso tempo era ocupada com as mesmas coisas independentemente de onde estivéssemos.

Falamos um pouco sobre nossas vidas, nada muito profundo ou importante, contamos algumas anedotas sobre nossas famílias e descrevemos alguns episódios que considerávamos divertidos. Era bom conversar com alguém daquela forma. Sérgio ainda era um garoto e, do alto de meus quase trinta anos, achava-o adorável. Ele queria viver como um nômade. Esculpindo e viajando de cidade em cidade. Havia concluído o colegial, mas não pensava em prosseguir os estudos. Não lhe dei conselhos ou procurei dissuadi-lo da ideia, afinal, quem era eu para palpitar sobre a existência alheia?

Conversar com Sérgio me distraía, e acho que ele também gostava de minha presença. Observá-lo trabalhando tinha um efeito relaxante sobre mim. Gostava do ruído do martelo batendo no cinzel e do cinzel batendo na pedra. Era quase hipnótico. Sérgio também relaxava, ficava tão absorvido em seu trabalho que os traços adolescentes de seu rosto se tornavam ainda mais evidentes. Ele ainda era um pouco magro, mas os garotos adquiriam massa muscular aos poucos. O Ulisses dos primeiros anos da graduação era muito diferente daquele do qual me despedi após a formatura e ainda mais daquele que havia reencontrado recentemente. Acompanhar as mudanças de um corpo era um dos privilégios da intimidade.

DONA VERA

Almocei sozinha no chalé, lavei a louça e li um pouco antes de encontrar Dona Vera. Uma daquelas grandes abóboras que eu havia ajudado a carregar estava deitada sobre uma tábua de madeira comprida disposta sobre o tanque do lado de fora da casa.

Ela me cumprimentou com um sorriso e logo se pôs a cortar a abóbora em pedaços e a descascá-los. Pedi uma faca para fazer o mesmo com a outra abóbora. Ela disse que não era necessário, mas não queria observá-la trabalhar sem fazer nada. Recebi uma faca depois de alguma insistência. A abóbora era dura e tinha uma casca resistente. A faca era cega, e meu trabalho rendia bem menos do que o de Dona Vera. Ela ia cortando a polpa alaranjada em pedaços que jogava dentro de uma grande panela de alumínio colocada sobre um banquinho de madeira. Quando acabamos, a panela foi levada para a cozinha. Era a primeira vez que entrava em sua casa. O fogão ficava entre a porta e a pia. Havia uma geladeira de modelo antigo do outro lado desta última. O armário de madeira e uma mesa coberta por uma toalha de tecido colorido e duas cadeiras completavam o mobiliário. Todos os objetos dispostos sobre os móveis estavam arrumados com esmero. Um corredor estreito conduzia ao banheiro e ao quarto do casal. A casa devia ter o mesmo tamanho de meu apartamento, mas dava a impressão de ser mais espaçosa por não estar atulhada de livros. Seu João aparentemente havia saído.

Dona Vera despejou quase dois sacos de açúcar dentro da panela. Ele formou uma montanha branca sobre os pedaços de abóbora. Depois do açúcar, ela adicionou um pouco de água e acendeu o fogo. Mexeu tudo com uma colher de pau e se voltou para mim.

— Pronto, agora é só esperar. Por favor, sente-se! Aceita um café?

Aceitei. Ela retirou uma caneca de ágata do armário, encheu-a com o líquido escuro vertido de uma garrafa térmica e a estendeu em minha direção. Tomei um gole, estava quente e doce, não apreciava café adoçado, mas aquele não me desagradou.

Dona Vera verificou a chama do fogão, encheu outra caneca com café e se sentou à minha frente. Ela ficou um pouco quieta, como se quisesse dizer algo mas não tivesse coragem. Era fácil ler suas expressões.

— Dona Mila... — começou ela timidamente.

— Sim?

— A Dona Lúcia me disse que a senhora é doutora em Pediatria.

— Hã?! — Demorei um pouco para entender que ela deveria ter confundido um pouco as coisas. — Ah, não! — disse, rindo. — Eu sou doutora em Filosofia, Dona Vera!

Ela franziu um pouco a testa.

— A senhora cuida de gente louca?

Agora ela devia achar que eu era formada em Psiquiatria.

— Não sou médica, não! Sou uma "doutora" que não estudou medicina. Eu estudei a história do pensamento. As ideias dos filósofos. Não sei curar gente, Dona Vera!

— Ah!

Vi uma expressão de desapontamento aflorar em seu rosto ao concluir que eu era uma doutora de araque.

— A filha de uma conhecida está meio adoentada. O hospital fica longe e achei que a senhora podia dar uma olhada nela.

— Sinto muito! Bem que eu gostaria de ter feito medicina para ser útil para os outros, mas, infelizmente, não fiz esse curso.

— Não tem problema! Desculpe a confusão! — Ela riu sem graça e deu um suspiro. — Se a menina não melhorar, amanhã ela vai até a cidade vizinha, mas não deve ser nada. Os filhos sempre dão sustos na gente!

— A senhora tem filhos, Dona Vera?

— Tive um filho, mas é como dizem, deus dá e deus tira. — Ela sorriu com tristeza. — Foi um filho muito especial. Eu e o João, a gente se casou quando já era mais velho. Eu me mudei para a casa dele depois do casamento, ajudava com a roça, cuidava de alguma criação, de umas vaquinhas, fazia o nosso próprio queijo, e só faltava uma criança. Mas ela não vinha. Estava passando da idade e já tinha desistido quando descobri que estava esperando um bebê. Tive um menino lindo e gordo, o Lucas. Foi uma felicidade só. Ia tudo bem, o Lucas estava crescendo com saúde, mas aí, um dia, ele acordou e não quis sair da cama para ir para a escola. Perguntamos por que ele não queria levantar, mas ele não falava nada e olhava para a gente assustado. Ele não conseguia ouvir. Tinha só seis anos e ficou surdo, assim, do nada.

Como se tivesse se lembrado de algo, Dona Vera se interrompeu, levantou-se da cadeira, colocou alguns paus de canela e cravos-da-índia que estavam em um prato sobre a pia dentro da panela, misturou o doce e voltou a se sentar. Então prosseguiu:

— Você não imagina o desespero. No começo, os médicos diziam que ele ia voltar a ouvir, mas o tempo foi passando, e ele continuava sem escutar. A gente procurou vários médicos e fez muitos exames. Ele passou por uma cirurgia, mas continuou surdo. O que mais doía era ver nosso filho sempre quieto, sozinho em casa. Uma irmã do João disse que o Lucas não podia continuar daquele jeito, sem ir à escola e dependendo dos pais. Falou que tinha uma escola para pessoas como ele perto da casa dela. Foi difícil, mas mandamos ele para lá. Foram vários anos longe do meu filho. A gente só se via nas férias, mas ele voltou para casa depois que ficou mocinho. O Lucas ajudava em tudo, ordenhava as vacas, arrumava a casa e trabalhava com o João na roça. Mas a coisa de que ele mais gostava era de mexer com flores. Passava horas no jardim: semeava, adubava, regava, cuidava com amor. Eu gostava de plantar flores, mas as dele, nossa! Que coisa linda! Todo mundo ficava encantado. Ele até começou a cuidar dos jardins de outras pessoas. A paixão do Lucas eram as rosas, ele até aprendeu a fazer enxertos! E cada rosa! Uma mais bonita do que a outra! A gente achava que aquilo podia virar um negócio no futuro. Ele não estudou muito, não fez colégio, mas gostava de aprender. Um dia, ele saiu de bicicleta de um sítio onde tinha feito um serviço um pouco distraído e foi atropelado. Morreu na hora. Tinha vinte anos. Eu queria ter morrido no lugar dele. Sem o Lucas, qual o sentido de continuar? Por que cuidar de uma terra que não ia mais para ninguém? O João ainda tirava o leite das vacas, cuidava de algumas coisas, mas eu não conseguia mais sair da cama. Não comia, entrava no quarto do Lucas e chorava. Estava muito revoltada, a gente lutou tanto por aquele menino, ele também passou por tanta coisa, e para quê? Para morrer daquele jeito? Eu só melhorei depois que tive um sonho. Nele, o Lucas aparecia sorrindo e dizia: "Mamãe, não chore mais, eu estou sempre com a senhora!". Acordei tão feliz! E o que ele disse era verdade! O Lucas está sempre comigo, quando eu fecho os olhos à noite, sei que ele vai estar lá! A gente conversa, briga, brinca, é como se ele estivesse vivo!

Dona Mila, eu acho que as pessoas só morrem se a gente deixar que elas saiam daqui. — Ela colocou uma das mãos sobre o peito. — O Lucas está vivo aqui dentro e vai existir enquanto eu viver. Voltei a ter gosto pelas coisas e a trabalhar com alegria depois disso. Quando a idade começou a pesar e já não dava mais para pagar os impostos com o que ganhávamos, o tio da Dona Lúcia, que sempre comprava verduras da gente quando vinha para a cidade, perguntou se o João e eu não queríamos morar aqui. Era só cuidar da casa e limpar de vez em quando. Foi nosso anjo! Deixamos o sítio com alguns parentes e viemos para cá. Eu trouxe as roseiras do meu filho e plantei na frente do chalé, mas elas nunca deram flor, não sei por quê.

Um estremecimento percorreu meu corpo ao ouvir aquilo.

— Aquelas roseiras lá na frente eram do seu filho?

Ela balançou a cabeça.

— Sonho muito que o Lucas está cuidando daquelas roseiras, nunca deixei o João mexer nelas.

Não fiz mais perguntas sobre seu filho. Passamos algum tempo conversando sobre outros assuntos enquanto o doce estava no fogo. Quando os pedaços de abóbora ficaram cozidos, ela passou a esmagá-los com a colher. Eu me postei a seu lado para observar seus movimentos. O calor da panela chegava até mim, o cheiro de cravo e canela perfumava a cozinha.

Não conseguia deixar de pensar em Lucas. Seria possível que ele fosse o homem do jardim? Dona Vera o via em seus sonhos, como Lúcia e eu poderíamos tê-lo visto na realidade? Aquilo não fazia sentido. Era impossível, não era?

Dona Vera mexia o doce sem parar. Ele se reduziu aos poucos e foi ficando mais espesso. O fogo foi desligado quando o fundo da panela começou a ficar visível. Seu João chegou nesse momento carregando uma sacola de compras. Talvez incomodado por minha presença, ele sumiu no corredor depois de me cumprimentar e não retornou. Ouvi o rádio ser ligado e sintonizado em uma estação local pouco depois.

— Esse João é caipira! — disse Dona Vera, sorrindo e desculpando o comportamento do marido.

Esterilizamos vários potes de vidro em outra grande panela com água quente, e eu a ajudei a enchê-los com o doce quente. Eles ficaram sobre a pia com os bocais voltados para baixo para esfriar. No dia seguinte, Seu João os levaria até uma venda perto do centro. Essa atividade lhes proporcionava uma renda extra.

Já era tarde quando voltei ao chalé. Não queria jantar. Comeria algo se sentisse fome mais tarde. Tomei um banho, e já estava escuro quando Dona Vera veio trazer dois potes de doce de abóbora para mim. Como sempre, ela não entrou, permaneceu em pé na porta da cozinha. Agradeci e a acompanhei com os olhos até que entrasse em sua casa nos fundos. Os potes ainda estavam mornos, seu calor era agradável e aquecia minhas mãos.

SÉRGIO

Não consegui pegar no sono tão rápido quanto desejaria. Fiquei imaginando o filho de Dona Vera vagando à noite pelo jardim. Talvez ele não fosse uma simples criação de minha mente semiadormecida, afinal de contas. Mesmo Lúcia teve a impressão de ter visto um vulto passar sob a janela na primeira vez em que dormiu no chalé.

Entre os vários fragmentos de informações inúteis acumulados ao longo dos anos, li em algum lugar que os grandes mestres do budismo eram capazes de transformar as imagens em suas mentes em objetos reais, visíveis e palpáveis para outras pessoas. Dona Vera obviamente não era um mestre budista, mas, se um mestre budista tinha essa habilidade, por que não uma senhora idosa em Morro das Araucárias? Claro que era cética em relação a isso. Eu me cansei de passar longos minutos olhando para lápis e borrachas sobre a carteira durante as aulas mais morosas esperando movimentá-los com o poder de minha mente sem qualquer sucesso na infância. Apenas os super-heróis dos quadrinhos que lia eram capazes de realizar essas façanhas.

Quando o sono finalmente chegou, ele me conduziu outra vez ao encontro de Ulisses. Como sempre, ele estava sentado no chão com a mesa à sua frente. Logo depois que eu me sentei e antes que dissesse, ou melhor, pensasse algo, pois nossas conversas eram sempre telepáticas, ele se dirigiu a mim:

— Senti sua falta.

Apesar dessas palavras, seu rosto permanecia inexpressivo como uma máscara mortuária. Desejava que ele expressasse alguma emoção, mas até mesmo seus olhos eram os de um morto. No instante seguinte, como o corte de um filme mal feito, ele estava ao meu lado e me abraçava. Não ofereci resistência. Ainda era bom ser tocada por ele. Outro corte. A mesa havia desaparecido. Restavam apenas as cortinas escuras e a fonte de luz sobre nossos corpos.

Abri os olhos. Estava sozinha no quarto. Ainda sentia a presença de Ulisses. Apesar da inexpressividade de seu rosto, ainda sentia o calor de seu corpo contra minha pele. Coloquei uma de minhas mãos por baixo do pijama e me masturbei. Chorei com todo o abandono a que tinha direito depois de gozar. Levantei-me e fui ao banheiro para me recompor, lavei o rosto e assoei o nariz. Meu estado de espírito não melhorou quando me vi no espelho com os olhos inchados, o nariz vermelho e os cabelos despenteados.

Apaguei as luzes que havia acendido e fiquei encolhida sobre a cama.

Deveria ter assustado Lucas, o homem do jardim, com o barulho e as luzes. Fiquei imaginando se ele estaria do lado de fora. Eu me levantei e caminhei em silêncio até a janela, abri uma pequena fresta na cortina e olhei para baixo. O luar estava cada vez mais fraco, mas ainda subsistia e iluminava a paisagem. Demorei um pouco para distinguir as formas do jardim, mas lá estava ele. Sua silhueta se movia entre as roseiras. Ele parecia carpir o chão. No entanto, não ouvia qualquer som. Era como se observasse as cenas de uma estranha pantomima.

Procurei não denunciar minha presença, observando-o apenas por aquela pequena fresta entre as cortinas. Não sei quantos minutos se passaram até que ele interrompesse o que estava fazendo e saísse de meu campo de visão. Voltei para a cama e esperei pelo sono, mais noites assim e enlouqueceria.

Fui visitar Sérgio na manhã seguinte. Ele recebeu o vidro de doce de abóbora com uma expressão de surpresa. Havia recebido dois potes de Dona Vera e não conseguiria comer tudo antes de ir embora, também não queria carregar coisas que pudessem quebrar na viagem de volta. Ele terminava de varrer a varanda quando cheguei. Suas esculturas não estavam mais à vista nos parapeitos das janelas e sobre o chão.

— Hoje é sexta, saio daqui a pouco para vender minhas coisas na cidade — explicou.

Suas calças *jeans* desta vez estavam limpas.

— Como você se vira com a comida aqui?

— Abro latas e pacotes, não sou bom cozinheiro. Como salgadinhos, biscoitos, macarrão instantâneo, o que estiver à mão.

— Eu e minha amiga tínhamos feito compras para duas pessoas quando viemos para cá. Ela foi embora e a comida ficou. Posso preparar uma refeição para nós dois. O que acha?

Foi uma proposta impulsiva. Gostava de cozinhar para outras pessoas.

— Comida de verdade não seria má ideia — murmurou ele, um pouco hesitante. — Mas só se não for dar muito trabalho para você.

— De modo algum, será bom ter com quem dividir uma refeição! Posso dar uma olhada na cozinha? Quero conferir se preciso trazer alguma coisa.

A mesa estava coberta por uma toalha de plástico. Podia não ser elegante, mas era fácil de limpar. Abri os armários e verifiquei se havia panelas. Os pratos estavam em ordem, as gavetas tinham talheres, escumadeiras e conchas. A geladeira estava quase vazia, apenas algumas latas de refrigerante, pão de forma e fatias de presunto e queijo ocupavam a primeira prateleira. Traria apenas os ingredientes para cozinhar.

— Pode ser amanhã à noite?

Ele balançou a cabeça com ar pensativo, mas como não recusou a proposta, não voltei a perguntar se estava de acordo com aquilo. Talvez estivesse sendo inconveniente, no entanto precisava me distrair para esquecer os sonhos com Ulisses e as aparições de Lucas, o homem do jardim.

Fui embora logo, pois Sérgio precisava terminar os preparativos para ir vender seus trabalhos na cidade.

Li um pouco de Proust após o almoço e depois fiquei andando de um lado para o outro em busca de alguma distração. Por falta de opções, comecei a limpar o chalé. Fui até a lavanderia ao lado da cozinha, peguei algumas flanelas e retirei o pó dos móveis. Ainda insatisfeita, passei um pano úmido no chão e lavei os banheiros dos dois andares. Em determinado momento, Dona Vera bateu na porta e perguntou se estava tudo bem. Disse que fazia a limpeza. Ela falou que eu não precisava limpar nada, mas não lhe dei ouvidos e ela voltou para sua casa com ar contrariado. Nunca fui muito silenciosa quando se tratava de atividades domésticas, quem passasse pela rua deveria achar que algum pedreiro estava fazendo alguma reforma no local, derrubando paredes ou trocando o assoalho de madeira. Terminei quando já escurecia. Estava cansada, mas era um bom cansaço.

Lúcia ligou à noite. Havia acabado de tomar banho quando ouvi o telefone tocar. Corri até o quarto com a cama de casal para atender a ligação.

— Oi, Mila? Como vão as coisas por aí?

— Tudo bem! Como foi a viagem de volta?

— Um pouco tediosa sem você. Mas não havia acidente nem trânsito na estrada, então foi tranquila.

A toalha sobre meus cabelos molhados teimava em não parar no lugar. Procurei ajeitá-la com uma das mãos enquanto segurava o receptor com a outra.

— Conversou com o Luís? — perguntei.

Ela suspirou do outro lado da linha.

— "Conversa" talvez não seja a melhor palavra... Acabamos discutindo. Ele pediu para que eu rejeitasse a proposta. Essa era a última coisa que imaginei que ele faria, sabe? Disse que já tinha aceitado. Ele se exaltou, eu me exaltei, dissemos coisas que não devíamos. Ele está na casa de um amigo, e eu fiquei aqui.

— E como você está?

Ela demorou um pouco para responder. Retirei a toalha da cabeça e a coloquei sobre os ombros para que os cabelos não molhassem minha camiseta.

— Devia estar mais feliz, afinal, sempre sonhei com isso. Mas, agora, quando penso em ter que arranjar um lugar para morar na Alemanha, em falar outra língua, deixar tanta gente aqui... A briga com o Luís... Não foi assim que imaginei as coisas. — Ela deu uma risada nervosa. — Fiquei tão entusiasmada quando recebi a notícia! Acho que a ficha finalmente caiu. Vai dar tudo certo, não vai?

— Claro que vai! — respondi.

— Ao menos está se divertindo aí? — perguntou ela.

— Não é a mesma coisa sem você. Só como e leio.

— E a bicicleta?

— Encostada.

— Eu deveria estar aí para colocá-la na linha, mulher! — Eu ri. — E quando pensa em voltar? Sinto tanto por tê-la deixado sozinha!

— Provavelmente na próxima semana. E não se preocupe comigo, ligo quando estiver de volta, e então comemoraremos sua viagem!

— Estarei esperando. Ah, já ia me esquecendo, e o homem do jardim?

— Eu o vi ontem. Seu nome é Lucas. Conto o resto depois que voltar.

— O quê? Como assim? Ele tem um nome?

— Na volta eu conto tudo — insisti.

— Sua chata! Vai me deixar com essa curiosidade?

Respondi que sim e nos despedimos. Eu a ouvi suspirar mais uma vez antes de desligar. Sentia sua falta. Sentiria ainda mais quando ela partisse. A Alemanha ficava longe. Como Ulisses, Lúcia também me deixava, outra vez. Agora adulta. Enquanto isso, eu me incrustava no fundo de um rio. Qual seria o processo que definia quem partia e quem criava raízes nesta vida? Alguém jogava objetos na água, alguns permaneciam na superfície por um breve instante e logo eram levados pela correnteza, enquanto outros, como pedras, iam direto para o fundo e ficavam ali, observando os demais flutuarem na superfície antes de desaparecerem de vista? Era isso?

A noite passou sem sonhos ou visões misteriosas. Ouvi trovões longínquos. O dia amanheceu nublado.

Fiquei lendo meu Proust deitada no sofá da sala. Já havia elaborado o menu para o jantar com Sérgio aquela noite: uma salada com tomates, as últimas folhas da alface que ganhei de Dona Vera e um resto de queijo mineiro; *spaghetti alla carbonara* e, de sobremesa, doce de abóbora. Tudo muito rápido e sem grande esforço. Não conseguiria mais comer macarrão por meses depois que voltasse para meu apartamento, mas estava grata por sua versatilidade.

Pouco antes das seis, tomei um banho e me agasalhei bem para enfrentar o frio noturno. Coloquei os ingredientes de que precisava em sacolas plásticas e saí. De vez em quando, um carro passava por mim. Como era sábado, algumas das casas que permaneceram fechadas durante a semana estavam ocupadas, e eu via crianças correndo pelos quintais. Às vezes, um *yorkshire* ou outro cão pequeno e peludo vinha até a cerca com seus passos curtos, e eu logo ouvia uma voz feminina chamá-lo de volta. A casa de campo deveria parecer outro mundo para os cães da cidade.

O final de tarde estava mais escuro por causa das nuvens. A casa de Sérgio continuava com o mesmo ar de abandono. Passei pela cerca de madeira e fui até os fundos como sempre fazia. Sérgio me viu através da porta aberta e veio me receber. Ele também parecia ter acabado de tomar banho, seus cabelos ainda estavam úmidos. Poderia tê-lo convidado para jantar no chalé, mas fiquei preocupada com o que Dona Vera poderia pensar; além disso, não estava em minha casa, e Sérgio, no final das contas, ainda era um estranho.

Ele pegou as sacolas de minhas mãos e as depositou sobre a mesa. Tentei fechar a porta atrás de mim, mas ela voltou a se abrir.

— Pode deixar que eu fecho. Ela é meio dura.

Sérgio a empurrou com força, fechando-a com estrépito.

As luzes fracas davam um tom amarelado aos móveis da cozinha.

— Acho que não esqueci nada. — Retirei *tupperwares* das sacolas e chequei minha lista mental. — Trouxe uma garrafa de vinho branco, vou usar um pouco para cozinhar, mas podemos beber o resto. Você tem um saca-rolha?

— Acho que há um na primeira gaveta.

Abri a garrafa e enchi os dois copos que Sérgio colocou sobre a mesa, não eram exatamente taças, mas quebravam o galho. Sorvi um pouco de vinho e, com o copo na mão, comecei a procurar as panelas e utensílios para começar a cozinhar.

— Se precisar de ajuda, é só pedir.

Sérgio se mantinha a alguma distância procurando não atrapalhar e observava meus movimentos bebericando o vinho como se não soubesse bem o que fazer com aquela mulher que havia se convidado para cozinhar em sua casa.

— É coisa rápida, está quase tudo pronto.

E era verdade. A salada já estava feita. Bastava arrumar tomates, folhas de alface e queijo sobre um prato. Faltava apenas a massa. Enchi uma panela com água e a coloquei sobre a chama do fogão.

— As vendas foram boas? — perguntei, para dissipar o silêncio.

— Vendi alguns animais. Os elefantes saem bem. Dizem que dá sorte colocá-los em um lugar em que fiquem com os traseiros voltados para a entrada da casa — respondeu ele. — Ah, tenho algo para você! — exclamou em seguida e desapareceu por uma porta.

Aqueci um pouco de azeite em uma frigideira e coloquei bacon e cebola picados. Quando as cebolas ficaram transparentes, derramei um pouco de vinho branco diretamente da garrafa. Uma nuvem de vapor se elevou da frigideira com um chiado. Misturei tudo e desliguei o fogo. Sérgio voltou com um embrulho de papel pardo.

— Desculpe, não tinha uma embalagem melhor.

Ele estendeu o embrulho em minha direção. Eu o abri sobre a mesa. Era sua última escultura, aquela em que estivera trabalhando nos últimos dias. Realmente era um torso feminino. Uma miniatura daqueles torsos de estátuas gregas que via em fotos de museus, sem cabeça ou braços, feita em pedra sabão. Deveria fazer algum comentário? Era um trabalho bem feito, mas sem nada de especial, ao menos para mim, que não entendia de esculturas. De qualquer forma, seu presente não deixou de me tocar. Examinei a peça de todos os ângulos antes de envolvê-la outra vez no papel e colocá-la sobre a mesa.

— Obrigada! — disse e lhe dei um abraço.

Era a primeira vez que nos tocávamos, e ambos rimos sem jeito. A água estava fervendo àquela altura. Coloquei meio pacote de espaguete lá dentro. Quebrei dois ovos em um prato e os bati com um pouco de parmesão ralado e creme de leite. Sérgio me ajudou a retirar as coisas de cima da mesa e a dispor pratos e talheres. O macarrão estava cozido quando terminamos. Eu o escorri, misturei aos demais ingredientes e *voilà*! Minha versão de *spaghetti alla carbonara* ficou pronta.

Estávamos no meio da refeição quando um vento forte começou a soprar do lado de fora, e não demorou muito para que ouvíssemos trovões. Comíamos doce de abóbora quando a chuva caiu com força. O barulho das gotas sobre o telhado era intenso.

— Você tem alguma máxima?

Pensava no guarda-chuva que não havia trazido quando o ouvi fazer essa pergunta.

— O quê?

— Uma máxima, algo como: "Não deixe para amanhã o que pode fazer hoje". Um dia ouvi alguém dizer que, se tivermos que escolher entre duas coisas, devemos escolher aquela que não tenha forma, e essa se tornou a minha máxima.

— Esta é a sua máxima: "Entre duas coisas, escolha aquela que não tenha forma"? O que isso quer dizer?

— Acho que é algo como: entre ir para a faculdade e continuar estudando e vir para cá, eu deveria escolher a última opção. Quer dizer, eu consigo imaginar como seria ir para a universidade. Teria uma rotina de estudos, assistiria às aulas, veria gente da minha idade etc. Vir para cá, ao contrário, seria uma aventura, eu teria que improvisar muitas coisas, tudo o que eu teria seria a vontade de esculpir, o resto seria consequência.

— Escolher o que não tenha forma... — repeti. — E tem funcionado?

Ele pensou um pouco.

— De certa maneira, sim. Conheci uma garota interessante que preparou o jantar e está aqui comigo em uma noite de chuva. Nada mau para quem escolheu algo sem forma, não é mesmo?

Eu ri. Aquela era uma cantada? Sérgio era atraente, mas parecia tão mais jovem do que eu! Porém a idade se tornava relativa à medida que o tempo passava, não é mesmo? Aos dezessete anos, achava os rapazes de quinze jovens demais, muito imaturos e bobos, já os estudantes universitários eram irresistíveis. Talvez aconteça conosco o que acontece com as tartarugas, há uma grande diferença entre uma tartaruga recém-saída do ovo e uma dez, vinte anos mais velha, mas um casal de tartarugas em que uma tenha noventa e a outra setenta anos não parece tão singular. São apenas duas tartarugas velhas. O vinho talvez tivesse nos deixado mais à vontade um com o outro.

— Eu tenho uma máxima... — comecei.

— E qual é?

— "Amanhã será um novo dia". É da Scarlett O'hara em *E o vento levou*. Você assistiu ao filme?

— Não.

— Como não? É um clássico!

— Ele não faz meu gênero. É muito longo, não tenho paciência. — Ele coçou a cabeça, fechando um dos olhos, com um sorriso encabulado. — Mas é uma máxima otimista: "Amanhã será um novo dia". Gostei.

Para mim, essa frase expressava resignação, não otimismo, algo que diria enquanto bebia um *drink* depois de um dia atribulado e cheio de incidentes desagradáveis, mas era próprio das máximas estarem abertas às mais diversas interpretações.

Sérgio lavou a louça, e eu limpei a mesa. Não havia sobras, até a garrafa de vinho estava vazia. Coloquei os *tupperwares* nos quais havia trazido os ingredientes de volta em uma sacola plástica e esperava que a chuva parasse para voltar ao chalé.

— Você pode ficar aqui, se quiser — disse Sérgio, em pé ao meu lado.

— Vou esperar mais um pouco, uma hora a chuva deve parar — respondi, olhando para o lado de fora através das frestas da janela da cozinha. Estava escuro, e não via nada, mas o som das gotas caindo continuava forte.

Sérgio colocou sua mão em meu ombro e me abraçou quando eu me virei. Lembrei-me do último sonho com Ulisses e do desejo que ele havia despertado em mim. "Por que não?", pensei, enquanto retribuía seu beijo. Ele me conduziu ao quarto, e transamos sem nos despirmos completamente e sem acender a luz. O sexo foi rápido. Fui ao banheiro pouco depois. Limpei o sêmen que escorria por minhas coxas com um pedaço de papel higiênico. Normalmente, teria usado uma proteção, mas duvidava de que Sérgio tivesse uma camisinha à mão. Obviamente, eu também não tinha uma. Não me passou pela cabeça que transaria com alguém em Morro das Araucárias quando arrumei minhas coisas para a viagem. De qualquer forma, meus seios doloridos indicavam que já havia ovulado e estava perto de menstruar. Meu medo de engravidar era maior do que o de pegar alguma doença venérea. O sexo não foi ruim, ao contrário, mas fiquei sentada sobre o vaso, invadida pelo mesmo sentimento de abandono e impotência que havia experimentado ao despertar do sonho com Ulisses. O provérbio atribuído a Galeno me veio à mente: "Todo animal fica triste depois do coito, com exceção da mulher e do galo". Ele não poderia estar mais equivocado! Tive vontade de rir, e isso melhorou meu humor.

Sérgio bateu na porta de leve e perguntou se estava tudo bem. Respirei fundo e procurei esboçar um sorriso antes de abri-la, mas ele não se encontrava mais no corredor.

Voltei ao quarto e acendi as luzes para pegar o resto das roupas. Apesar do lençol um pouco amarfanhado, tudo o mais estava em ordem. Nem parecia que alguém dormia ali. Não havia objetos sobre os criados-mudos ou sobre a cômoda que ocupava uma das paredes. Vi apenas uma grande mochila a um canto.

— Você vai viajar? — perguntei, apontando para ela quando Sérgio entrou.

— Não, tenho preguiça de tirar as coisas para botar no guarda-roupa, vou tirando e enfiando as roupas aí dentro conforme preciso.

Recusei sua oferta de passar a noite na casa. A chuva havia parado, e eu queria ficar sozinha, mas não me opus a que ele me acompanhasse até o chalé.

Sérgio calçou os tênis e vestiu uma blusa. Peguei minhas coisas e saímos. A grama estava empapada e fazia um barulho divertido quando era pisada.

Chap, chap, chap!

Estava mais frio, e o ar parecia mais limpo. Caminhávamos lado a lado sem trocar uma palavra, procurando evitar as poças de água e a lama. Não havia ninguém na rua. Uma neblina espessa dava um ar feérico às luzes dos postes. Ouvíamos música e risos vindos do interior de algumas casas, mas a maioria permanecia na escuridão. Era quase meia-noite.

Paramos na frente do chalé. Sérgio lançou um olhar pensativo na direção do portão fechado.

Agradeci-lhe pela companhia. Ele deu um sorriso um pouco embaraçado, e nos despedimos com um abraço. Quando me voltei para fechar o portão, ele ainda estava no mesmo lugar no meio da rua. Acenei com uma das mãos e lhe dei as costas. As luzes da casa de Dona Vera estavam apagadas, ela já deveria estar dormindo e sonhando com Lucas. O jardim estava deserto, vi apenas as roseiras escuras em sua imobilidade costumeira.

Gostava de Sérgio, mas não atribuía um significado especial àquilo que havia ocorrido entre nós. Apenas cedemos ao nosso desejo. Esperava que aquela noite fizesse parte de suas boas lembranças algum dia. Algo de que se recordaria quando fosse mais velho e estivesse nostálgico.

Decidi ir embora na segunda-feira, já estava na hora de voltar para meu apartamento em Campinas, procurar um emprego e dar rumo à minha vida.

Estava cansada de escolher coisas sem forma.

DO OUTRO LADO DA LINHA

Apesar da vontade, não encontrei Ulisses em meus sonhos aquela noite. Tomei café, li um pouco e depois fui avisar Dona Vera de que partiria no dia seguinte. Procurei o número da rodoviária em uma velha lista telefônica e liguei para saber quais eram os horários do ônibus. Sairia cedo, a viagem seria longa. Também procurei o número de um ponto de táxi em Morro das Araucárias e pedi que alguém viesse me buscar pela manhã. Tinha apenas uma bolsa de viagem, mas não queria caminhar até a rodoviária. Se não houvesse nenhum imprevisto, estaria em meu apartamento no final da tarde.

Ainda havia Sérgio. Não queria vê-lo outra vez, seria estranho. Deixaria um bilhete debaixo de sua porta com um "até mais" cordial. Não era a melhor forma de me despedir, mas ela me pareceu a mais simples. Encontrei um caderno dentro de uma gaveta enquanto procurava por um pedaço de papel. Escrevi algumas poucas palavras à caneta, arranquei a folha e a dobrei ao meio.

Saí depois do almoço com o bilhete no bolso das calças. O chão ainda estava um pouco úmido devido à chuva da noite anterior. Cruzei com algumas famílias andando de bicicleta, crianças à frente e pais atrás. Um onipresente aroma de churrasco pairava no ar. Quando dobrei a esquina, vi um carro da polícia parado na frente da casa de Sérgio. Meu coração deu um salto. Imaginei o pior, achei que algo ruim poderia ter acontecido com ele. Um policial estava em pé ao lado da viatura; quando me aproximei, vi outro policial surgir dos fundos da casa.

— Boa tarde, aconteceu algo? — perguntei ao policial em pé na rua.

— Viemos só checar. Algumas pessoas viram um rapaz estranho entrar e sair desta casa nos últimos dias e nos chamaram — respondeu ele.

Nesse momento, o outro policial chegou onde estávamos e me cumprimentou com um aceno de cabeça. Ele era mais velho do que o primeiro.

— Mas é o Sérgio, o avô dele é dono da casa!

O policial franziu a testa e me observou com uma expressão peculiar.

— Esse Sérgio, o que você sabe sobre ele?

Teria dito alguma coisa que não devia? Seu olhar inquisitivo me intimidou.

— Ele está passando alguns dias na cidade. É escultor.

— Hum, espere um momento! — O policial se afastou e caminhou na direção do colega, que conversava com alguém pelo rádio da viatura. Eles dialogaram em voz baixa.

Após alguns instantes, ele fez um gesto com uma das mãos pedindo que eu me aproximasse. Hesitei um pouco, mas lá fui eu.

— Quer dizer que você conhece o rapaz que estava nesta casa? — perguntou o policial mais velho.

— Sim — balbuciei.

Fiquei em silêncio. Sentia seus olhares sobre mim, meu rosto devia estar vermelho como um pimentão.

— Não é a primeira casa da cidade que é invadida. Duas semanas atrás, recebemos uma chamada. Quando chegamos, também não encontramos ninguém, mas a descrição bate: um rapaz cabeludo de uns vinte anos. Desconfiamos de que seja a mesma pessoa — comentou o policial mais velho, o mais novo apenas ouvia e observava meu rosto calado. O que poderia dizer? Não sabia nada concreto sobre Sérgio. Pensando bem, talvez esse nem fosse seu nome real. — Entramos em contato com os proprietários, um casal comprou o lugar há pouco tempo, e fomos informados de que não deveria haver ninguém na casa. Por sorte, nada parece ter sido levado. A cidade está crescendo, recebe muitos visitantes, e sempre há pessoas mal-intencionadas, todo cuidado é pouco.

— Qual é sua relação com esse rapaz? — perguntou o policial mais novo.

— Eu o conheci durante a semana, não conversamos muito.

— Sabe para onde ele foi?

— Não.

Sérgio deveria estar na cidade vendendo suas esculturas naquele horário, mas ele não teria levado todas as suas coisas para fazer isso. Havia notado sua mochila no canto do quarto enquanto me vestia na noite anterior. Ele certamente já estava preparado para ir embora e não quis me dizer. Estava mortificada. Receava que os policiais pedissem que eu fosse até a delegacia prestar algum tipo de depoimento.

Felizmente, eu me inquietei à toa, os policiais apenas anotaram meu nome e telefone e voltaram para dentro da viatura, que desceu a rua devagar. Não tinha mais motivo para deixar o bilhete debaixo da porta. Dei graças aos céus por não ter feito isso mais cedo. Sentia o papel queimar no bolso das minhas calças. Pretendia evitar o encontro com Sérgio, entretanto ele havia sido mais rápido do que eu.

Apesar de sentir que havia sido ludibriada, ainda desejei que ele estivesse são e salvo e que não fizesse bobagens no futuro. Dei uma última olhada na casa e voltei ao chalé.

A escultura que havia recebido de Sérgio estava sobre a mesa de centro. Fiquei olhando para ela durante alguns minutos antes de tomá-la nas mãos. Abri a porta da cristaleira e a coloquei em um espaço vazio sobre uma das prateleiras. O tio de Lúcia certamente ficaria confuso quando a encontrasse ali, em meio à sua coleção de pedras. Tentei imaginar que fim ele lhe daria.

À noite, vi-me novamente naquele lugar escuro e já familiar. Entretanto, era a primeira vez que esperava por Ulisses, costumava encontrá-lo sempre sentado à minha frente. Mas não havia ninguém ali. As cortinas permaneciam imóveis ao meu redor. Olhei para minhas mãos e notei que as unhas estavam compridas, devia me lembrar de cortá-las quando despertasse, procurava desviar a atenção do fato de que estava sozinha.

Ouvi passos. Eles se aproximaram e pararam diante da cortina à minha frente. Prendi a respiração, esperava ver Ulisses, mas, quando as cortinas foram afastadas, vi Lucas, o filho de Dona Vera, o homem do jardim. Abafei um grito de susto. (Quer dizer, um grito mental.) Ele notou minha surpresa.

— Desculpe, não queria assustá-la — disse, parecendo embaraçado.

Suas roupas eram as mesmas com as quais o via no jardim: calças, camisa de mangas compridas e um chapéu de palha de abas largas. Refreei um novo grito quando olhei para onde deveria haver um rosto e vi apenas um espaço vazio. Era como se ele estivesse coberto por um tecido espelhado que refletia o ambiente circundante.

— Você se importa se eu me sentar? — perguntou, apontando para o lugar que Ulisses costumava ocupar.

Balancei a cabeça e procurei me recompor do susto.

— Não queria que me visse assim, mas tudo aqui depende de você e, como nunca viu meu rosto, eu não poderia aparecer de outra maneira — explicou ele e retirou o chapéu.

Toda a sua cabeça parecia um grande espelho oval no qual via meu reflexo distorcido. Era perturbador. Ele depositou o chapéu sobre a mesa, e suas mãos ficaram descansando perto de suas abas. Ao menos suas mãos eram normais. Fiquei em silêncio, esperando que prosseguisse.

— Ulisses pediu que eu viesse.

— Aconteceu alguma coisa com ele?

— Não, ele está bem.

— Então onde ele está? Por que não veio?

Lucas parecia pensar em como responder àquela pergunta.

— Ele não está mais aqui.

— Como assim?

— Não é fácil de explicar...

— Mas você mesmo disse que tudo aqui depende de mim; se é assim, para onde ele poderia ter ido?

— Não sei dizer. Ele apenas comentou que iria ao seu encontro. Mais nada. — Lucas se calou outra vez. Mexia nas abas de seu chapéu. Ele parecia incomodado e logo começou a tamborilar com a ponta dos dedos sobre a superfície da mesa. — Bem, era só isso — disse e fez menção de se levantar.

— Espere, Lucas! Esse é o seu nome, não é mesmo?

Ele balançou a cabeça, e meu rosto, a mesa, a fonte de luz sobre nós, tudo o que se refletia em sua superfície se moveu para cima e para baixo junto com ela. Tinha muitas perguntas a lhe fazer, mas, ao final, pronunciei uma única palavra:

— Obrigada!

— Não há de quê! — retrucou ele de pronto.

Ao se certificar de que isso era tudo, Lucas se levantou, colocou o chapéu outra vez sobre a cabeça e desapareceu atrás da cortina. Ainda ouvia seus passos se distanciando quando abri os olhos. O quarto estava escuro, eu me deitei de costas e coloquei as mãos sob a cabeça.

"Ele não está mais aqui". "Comentou que iria ao seu encontro". O que isso significava?

O verdadeiro Ulisses estava a quilômetros de distância, cuidando de sua vida, alheio ao papel que seu *dopplegänger* desempenhava em meus sonhos. Um produto da imaginação poderia escapar por algum lugar e fazer parte da realidade? Mas não era exatamente esse o caso de Lucas?

Em breve, eu estaria longe de Morro das Araucárias, esperava que tudo voltasse ao normal então. Aquela havia sido uma semana e tanto!

Eu me levantei no escuro e fui até a janela, ainda havia algum luar, mas ele era bem menos intenso do que nas noites anteriores. Afastei todas as cortinas sem receio algum e olhei para fora. A paisagem estava mais escura, assim como o jardim. Depois de deixar meus olhos se acostumarem com a obscuridade, vi Lucas em pé ao lado de uma das roseiras, ele a observava com as mãos atrás das costas sem se mover. Ele se voltou na direção da janela, retirou o chapéu e acenou. Fiquei paralisada por alguns segundos antes de acenar de volta com uma das mãos. Apesar de retirar o chapéu e voltar o rosto para cima, ainda não conseguia distinguir suas feições. Ele voltou a colocar o chapéu e desapareceu em um dos cantos do chalé.

Acendi as luzes e procurei por meu celular. Passava um pouco das quatro. Sentei-me à escrivaninha na frente da janela, olhei para minhas unhas e notei que elas estavam realmente compridas como no sonho. Retirei uma pequena tesoura do *nécessaire* e as aparei com cuidado. Recolhi os pedaços na palma da mão e os joguei no lixo do banheiro. Não sentia nem um pingo de sono e decidi passar as últimas horas até o nascer do sol lendo as páginas finais de meu Proust.

Vi o sol nascer à minha frente enrolada em um cobertor e ainda de pijama. Ele estava quase todo acima do horizonte quando cheguei às últimas linhas do livro. Por coincidência, um novo dia também começava na obra do escritor francês. Um dia que parecia "*tão morto, tão imemorial quanto uma suntuosa e milenar múmia embalsamada, em suas vestes douradas*". Mais uma bela imagem proustiana. O dia à minha frente também tinha um quê de imemorial e solene como uma múmia. Fechei o livro, desci para comer alguma coisa e me preparei para partir.

Devolvi as chaves à Dona Vera pouco antes de o táxi chegar. Caminhamos juntas até o portão ao ouvirmos sua buzina.

— Dona Mila do céu, veja! — gritou Dona Vera.

Olhei para onde ela apontava e vi um botão em umas das roseiras na frente do chalé. Era a mesma que Lucas observava durante a noite. Ele estava apenas entreaberto, mas deixava adivinhar que seria uma flor grande e de uma cor muito bonita entre o vermelho e o rosa escuro. Dona Vera sorria, em pé, ao lado da roseira. Seu João, que recolhia folhas por perto, também se aproximou para observar o botão.

— Que maravilha! O Lucas deve estar feliz, não é mesmo?

Eu balancei a cabeça e sorri.

Quando nos encontramos após o retorno de Morro das Araucárias, Lúcia parecia mais animada do que na última vez em que nos falamos ao telefone. Ela contou seus planos e descreveu a cidade em que ficaria na Alemanha. Tomamos café e comemos um pedaço do bolo de chocolate que havia assado especialmente para a ocasião.

— E o homem do jardim? E a casa? Conte-me tudo!

Contei a história do filho de Dona Vera, mas não falei nada sobre os sonhos ou sobre o encontro com Sérgio.

Para meu alívio, não tive mais nenhum sonho estranho depois de voltar a meu apartamento. Tudo havia retornado à normalidade. Preenchi currículos e me cadastrei em alguns sites de emprego. Já tinha uma entrevista agendada para a semana seguinte. Uma empresa estava contratando uma secretária bilíngue, não era preciso ter experiência, o salário era justo, e ofereciam um bom pacote de benefícios.

Marquei uma consulta com Dona Mariquinha antes da entrevista. Ela me recebeu com seu jeito afável e um de seus vestidos floridos. Bebemos café na sala antes de passarmos para o quarto no qual ela realizava suas intervenções (ainda não sabia como descrever o que ela fazia). Chuvisco, um gato gordo e malhado, estava deitado na ponta do sofá e nos observava com os olhos semicerrados.

— Pelo visto, ele já sarou! — comentei.

— A patinha dele melhorou, está novo em folha! Viu só, Chuvisco? A Mila se lembrou de que você esteve dodói!

O gato permaneceu imperturbável.

Quando fomos para o quarto com as imagens de santos e a mesa redonda coberta por uma toalha clara, contei-lhe tudo o que se passou em Morro das Araucárias. Precisava contar aqueles acontecimentos para alguém, e ela me parecia ser a pessoa mais indicada. Dona Mariquinha me ouviu com ar compenetrado e não me interrompeu em nenhum momento.

— Talvez existam mesmo coisas neste mundo que não possam ser explicadas. Ao menos, gostaria de acreditar nisso — concluí.

Dona Mariquinha sorriu e balançou a cabeça. Como na primeira visita, ela se levantou, ficou em pé atrás de mim e colocou uma de suas mãos sobre a minha testa. Ficamos nessa posição por alguns minutos. O toque de sua mão era reconfortante. Ainda tinha dúvidas sobre se aquilo tinha algum efeito, mas estava ali outra vez, não estava? Desejava que ela pudesse me devolver alguma serenidade e "reinicializar meu sistema".

Havia acabado de retornar a meu apartamento depois da visita à Dona Mariquinha e bebia um copo de água quando o celular tocou. Deixei que tocasse algumas vezes antes de atender.

— Alô?

Ninguém respondeu. Fiquei quieta esperando que a pessoa do outro lado da linha se manifestasse.

— Mila?

Reconheci a voz de imediato.

— Ulisses?

Ele demorou um pouco a responder.

— Sim, sou eu. — Esperei que continuasse. — Adivinhe de onde estou ligando — disse ele.

— Como posso saber? Está em São Paulo?

— Não, muito mais longe.

Ulisses fez uma pausa, talvez esperasse por um novo palpite, como eu não arrisquei mais nenhum, prosseguiu:

— Estou em Paris. Cheguei ontem. Aluguei um quarto por alguns dias, não é grande coisa, mas consigo ver um pedaço da Torre Eiffel através da janela se me esticar um pouco.

— Em Paris? O que está fazendo aí?

— Depois de nosso encontro, não consegui tirar a ideia de vir aqui da cabeça. Pedi uma licença no emprego. Foi assim, do nada mesmo, coloquei algumas coisas dentro da mala e fui para o aeroporto.

Sua voz soava estranha, ele falava devagar, como se tivesse que se esforçar para formar as sentenças. Talvez tivesse bebido. Que horas seriam em Paris?

— Mila, você não pode vir? Pago a passagem e vou buscá-la no aeroporto. Você tem passaporte, não tem?

Costumava manter o passaporte em dia, à espera de uma oportunidade de viajar que, até então, não havia se materializado. Ulisses sabia disso. Ele sabia coisas demais sobre mim.

— Desculpe, sei que é repentino, mas gostaria que viesse. Nós podemos visitar museus, comer ostras e beber champanhe, tudo o que você quiser!

Fiquei em silêncio, não sabia o que dizer, tinha uma entrevista de emprego, finalmente colocava as engrenagens de minha vida nos eixos, e lá estava Ulisses pedindo para que eu deixasse tudo e fosse ao seu encontro.

— Estou lendo Proust, sabia?

Mudei de assunto, precisava ganhar tempo para colocar as ideias em ordem.

— Sério? — Sua voz ficou mais animada. — Está gostando?

— Muito. Você tem razão, ele é mesmo um grande escritor.

— Não ficou com mais vontade ainda de conhecer a França? Podemos ir até Combray, caminhar pela Champs-Élysées, ver o mar da costa normanda, enfim, visitar todos os lugares mencionados na obra dele...

Olhava para a rua através da janela enquanto ouvia sua voz. As flores de uma árvore pontilhavam a calçada de amarelo. Um homem de meia-idade passeava com um cachorro. Como se pressentisse que era observado, ele voltou os olhos em minha direção e eu afastei os meus.

*

*   *

KAREN KAZUE KAWANA

estudou (e ainda estuda) filosofia e literatura japonesa. É autora da coletânea de poemas *Pequenas coisas*; tradutora da coletânea de contos *O limão*, de Motojirô Kajii, e de *Três poetas em Minase* (em colaboração com Andrei Cunha e Roberto Schmitt-Prym) — todos publicados pela editora Bestiário.

este livro foi editado

no inverno

de 2022